차의 책

The Book of Tea

차의 책

The Book of Tea

오카쿠라 텐신 쓰고 정천구 옮김

산지니

had always
raressed me
nature. He

of his [46]*treasury*; that he was
a great [47]*discount*; that [48]*exchequer*
under nine per cent below [50]*par*;
ty above a [51]*million* and a half of

17세기 초, 유럽으로 차가 건너가고 그와 함께 도자기가 건너가면서 유럽인들은 동양 문화에 열광하였다. 차는 유럽인의 일상을 바꾸었고, 도자기는 그들의 취향을 한층 더 고상하게 만들었다. 차와 도자기를 좀 더 손쉽고 싸게 얻으려는 욕망이 그들로 하여금 식민지 건설에 박차를 가하게 만들었다. 아이러니컬하게도 중국과 일본에서 건너간 차와 도자기가 도리어 동아시아를 위험에 빠뜨렸다.

인도가 세계 최대의 홍차 생산지가 된 것은 영국인들이 홍차가 없이는 살 수 없는 지경에 이르렀기 때문이다. 영국이 중국을 상대로 아편전쟁(1839~1842)을 일으켰던 것도 차 때문이었다. 차를 구입하느라 은의 유출이 심각한 지경에 이른 상황을 타개하려고 아편을 팔았고, 그 아편으로 차를 사들였다. 아편으로 비롯된 심각한 사회문제를 해소하려고 청조(淸朝)에서 아편을 단속하고 몰수하자, 영국이 그 보복으로 전쟁을 일으켰던 것이다.

동양 문화의 혜택을 받으며 감지덕지했던 유럽인들은 산업혁명을 거치면서 열강이 되자 전 세계를 자국의 시장으로 만들려고 하였다. 그러나 그것만이 아니었다. 경제적인 우위를 문화적인 우위로까지 확대하려고 동양 문화에 대해 폄하와 근거 없는 비난을 퍼붓기 시작하였다. 그러면서 자신들의 문화가 우월하다는 것을 부각시키려고 애썼는데, 이러한 경향이 곧 유럽중심주의다. 그러나 그것은 그들의 열등감에서 비롯된 것이었다.

강자의 우격다짐은 약자의 정연한 논리를 여지없이 눌러버린다. 서구 열강이 유럽중심주의를 전 세계에 퍼뜨릴 때에 어떤 나라도 그에 맞서지 못하였다. 맞설 만한 문화가 없어서가 아니라 맞설 힘이 없어서였다. 당장 경제적으로, 정치적으로 풍전등화의 위태로운 상황에 놓여 있는데, 무슨 문화를 운위할 것인가?

동아시아의 중국도, 일본도, 한국도 마찬가지였다. 그 가운데서도 일본은 매우 일찍 서구의 힘의 논리를 꿰뚫어보고, 거기에 맞설 수 있는 힘을 기르려고 하였다. 그래서 추진한 것이 메이지유신(明治維新)이다. 이를 통해 서구 열강과 어깨를 나란히 하려고 했을 뿐만 아

6

니라, 종국에는 탈아입구(脫亞入歐)를 외치기에 이르렀다.

일본은 유럽 세계에 편입되려고 무진 애를 썼지만, 결국 이루지 못하였다. 그렇지만 그 과정에서 일본은 자국이 매우 독자적인 문화를 이룩하였다는 것을 서구에 끊임없이 알렸다. 대표적인 것으로는 니토베 이나조(新渡戶稻造; 1862~1933)의 『무사도(武士道)』(Bushido, The Soul of Japan, 1900)와 오카쿠라 텐신(岡倉天心; 1862~1913)의 『차의 책』(The Book of Tea, 1906)이다. 이 둘은 모두 영어로 저술되어 널리 읽혔다. 특히 오카쿠라 텐신은 『차의 책』 외에 『동양의 이상(理想)』이라는 책도 저술하여 동양의 우수성을 널리 알리는 데에 힘썼다.

『차의 책』은 저술된 지 벌써 100년이 넘는다. 일본의 다도만 언급된 것은 아니지만, 기실은 일본이 동아시아에서 유일하게 다도를 현대까지 전승하고 끊임없이 재창조하고 있다는 것을, 또 동아시아 문화의 정수가 일본에 있다는 것을 은근히 드러내고 있다. 그것은 그리 비난할 일만은 아니다. 차의 역사나 그 성격에 대해 쓰려고 하면, 중국 못지않게 일본에도 풍부한 자료가 있기 때문이다. 게다가 중국이든 한국이든 다도를 자국 문화의 중심에 놓은 적이 없었으니, 역사적 사실의 차원에서 볼 때 어떻게 항변해볼 도리가 없다.

어쨌거나 『차의 책』은 그런 역사적 배경에서 쓰여진 것이지만, 거기에는 오늘날에도 유용한 정보와 관점이 담겨 있다. 무엇보다도 서구 열강의 오해를 불식시키려고 이 책을 썼다는 점에서, 아직도 일본 문화에 대해, 특히 그 다도에 대해 깊이 이해하지 못하고 있는 우리로서는 이 책을 통짜로 들여다볼 필요가 있다. 단순히 과거의 유물로만 생각할 일이 결코 아니다. 더구나 우리는 이제야 다도를 하나의 문화로 간주하기 시작하고 있지 않은가.

우리나라에서는 20여 년 전에 김명배 선생이 『차의 책』을 번역한 바 있다. 물론, 독립된 책으로 출판한 것은 아니었고, 『일본의 다도』(보림사, 1987)라는 책 속에 주석과 함께 그 번역문을 실었다. 이제 굳이 새로 번역하려는 것은 이 책을 독립시킬 필요도 있고, 또 세월이 흐른 만큼 문체도 새로워지는 것이 적절하리라는 판단에서다.

『차의 책』을 번역하기 위해 샘 해밀(Sam Hamill)이 서문을 붙인 *The BOOK of TEA*(Shambhala, 2001)와 오케타니 히데아키(桶谷秀昭)가 일본어로 번역한 『茶の本』(講談社, 1994)에 실린 영문을 텍스트로 삼았다.

그리고 김명배 선생의 번역도 큰 도움이 되었다. 그리고 말미에 영어 원문을 함께 실었다.

모든 것은 변한다. 그러나 문명은 그냥 변하지 않는다. 자연의 변화는 그 자체로 완전하지만, 문명의 변화는 그렇지 못하다. 문명은 인간의 창조적인 행위에 의해서만 올바른 변화를 이룩할 수 있다. 하나의 문화를 버릴 생각이 아니라면, 그 문화를 최상으로 창조하는 수밖에 없다. 이를 위해서는 내 것과 남의 것을 가려서는 안 된다. 더구나 우리에게 없는 것이 다른 나라에 있다면, 그리고 그것이 가치 있는 것이라면, 적극적으로 연구해야 할 것이다.

마지막으로 이 책을 기꺼이 출판해 주신 산지니의 강수걸 사장님과 그 외 편집부 여러분께 감사드린다.

2009년 5월
금샘길에서 정천구 쓰다

● 차례 ●

마음이 담긴 잔

마음이 담긴 잔

차는 약용으로 시작하여 음료가 되었다. 중국에서는 8세기에 고상한 놀이의 하나가 되어 시의 영역으로 들어갔다. 15세기 일본에서는 그것에 기품을 부여하면서 심미주의라는 종교, 즉 다도茶道로 드높였다. 다도란 하찮은 일상 가운데 숨어 있는 아름다움에 대한 숭앙, 그것에 기초한 일종의 의례다. 다도는 순수함과 어울림, 보시의 신비, 사회 질서의 낭만성 등을 가르쳐준다. 그것은 본질적으로 불완전함에 대한 숭배다. 말하자면 불가능의 연속인 이 인생에서 무언가 가능한 것을 성취하려는 은근한 시도다.

차의 철학은 세간에서 흔히 말하는 그런 단순한 심미주의는 아니다. 왜냐하면 그것은 인간과 자연에 대한 우리의 모든 견해를 윤리나 종교와 결합하여 표현해낸 것이기 때문이다. 그것은 위생학이다. 깨끗함을 요구하기 때문에. 그것은 경제학이다. 복잡함과 호사스러움보다는 단순함 속에서 편안함을 드러내기 때문에. 그것은 도덕적 기하학이다. 우주에 대한 우리의 균형 감각을 규정짓기 때문에. 이는 모든 지지자들을 고상한 취향을 지닌 귀족으로 만듦으로써 동양 민주주의의 참된 정신을 나타낸다.

일본이 세계의 다른 나라들로부터 오래도록 고립되었던 것은 일본으로 하여금 내적 성찰을 할 수 있도록 하고, 또한 다도를 발전시키는 데에 아주 유리하게 작용하였다. 일본의 집, 습관, 의복, 요리, 도자기, 옻칠, 그림—바로 일본의 문학까지—모든 것이 다도의 영향을 받았다. 일본 문화를 배우는 이라면 누구도 그것을 무시할 수 없다. 다도는 귀족의 우아한 내실에도 스며들었고, 초라한 움막에도 들어갔다. 농부들은 꽃꽂이를 배웠고, 가장 미천한 일꾼들도 바위와 물에 경의를 바쳤다. 흔히 쓰는 말로, 어떤 사람이 극적인 개인사에 내재된 심각하면서도 우스꽝스런 것에 둔감할 때 "그에게는 차 기운이 없다"는 말이 있다. 또 세속적인 비극에는 개의치 않고 한창 해방감이 고조되려는 찰나에 요란을 떨며 조율할 줄 모르는 심미가를 두고는 "차 기운이 너무 많다"고 비난한다.

이렇게 아무 것도 아닌 일에 야단법석을 피우는 걸 문외한이 본다면 정말 의아하게 생각할지도 모르겠다. "차 한 잔에 무슨 소란을 그

렇게 떠나!"라고 말할지도 모른다. 그러나 결국 인간이 향유하는 그 잔이 얼마나 작은지, 얼마나 빨리 눈물로 넘쳐 나는지, 무한함에 대한 억누를 수 없는 갈증 때문에 얼마나 쉽게 마지막 한 방울까지 다 마셔버리는지 생각해보면, 우리는 찻잔이라는 걸 그렇게 대단하게 여기는 우리 자신에 대해서 비난하면 안 된다. 인간은 더 나쁜 짓을 일삼는다. 주신酒神 바커스를 숭배하면서 우리는 제물을 아낌없이 바쳤다. 피로 낭자한 군신軍神 마르스의 모습조차 우리는 미화하였다. 그렇다면 카멜리아[1]의 여왕에게 우리 자신을 왜 바치지 못하겠는가? 그녀의 신전에서 흘러나오는 조화로운 감정의 따스한 흐름 속에 왜 빠지지 못하겠는가? 그 비의를 전수받은 자는 상아빛 자기 속에 흐르는 투명한 호박색 속에서 공자孔子의 그 감미로운 과묵寡默, 노자老子의 신랄함, 그리고 석가모니의 영묘한 향기를 느끼게 되리라.

자신의 위대함이 얼마나 작은지를 느끼지 못하는 자는 남의 하찮음이 얼마나 위대한지를 쉽사리 놓쳐버린다. 대개의 서양인은 다례茶禮 속에서 동양의 별스러움과 천진스러움을 구성하는 수많은 기이함 가운데 단지 한 가지 예만을 보고는 번드르르한 자기 만족감에 취한다. 그들은 일본이 온화한 평화의 예술에 빠져 있을 때에는 야만스럽게 여기곤 하였다. 그런데 만주 벌판에서 대규모의 학살을 자행하기

---

1 카멜리아Camellia : 차나무는 식물학적으로 동백나무과에 속한다. 때문에 학명을 카멜리아 시넨시스Camellia Sinensis라고 한다. 흔히 자랑, 겸손한 아름다움이 그 꽃말이라고 한다.

시작하자 일본을 문명화된 국가라고 부르고 있다. 근래에 무사의 법도에 대한 언급이 많다. 기뻐 날뛰며 자기를 희생하게 만드는 죽음의 예술에 대해서 말이다. 그러나 삶의 예술을 그토록 많이 표현한 다도에 대해서는 거의 주의를 기울이지 않고 있다. 전쟁의 섬뜩한 영광 위에서만 문명국이라고 주장할 수 있다면, 우리는 기꺼이 야만인으로 남으리라. 우리의 예술과 이상에 합당한 존경을 받을 때까지 우리는 기꺼이 기다릴 것이다.

서양은 언제 동양을 이해할 것이며, 이해하려고 시도할 것인가? 우리에 대해서 얼기설기 짜놓은 호기심 어린 사실과 터무니없는 공상으로 말미암아 우리 아시아인은 종종 오싹해진다. 쥐나 바퀴벌레를 먹고 산다고 하지 않으면, 연꽃의 향기를 먹고 사는 것처럼 우리를 묘사한다. 그것은 무기력한 망상이거나 아니면 비속한 욕망일 뿐이다. 인도인의 영성靈性을 무지라고 비웃고, 중국인의 절제를 어리석음이라 하고, 일본인의 애국심을 운명론의 결과라고 폄하한다. 심지어 우리의 신경 조직에는 굳은살이 박혀서 고통이나 상처를 잘 느끼지 못한다고까지 말한다.

우리를 놀림감으로 삼고 즐겨도 좋소. 그러면 우리가 경의를 표하리라. 당신들에 대해 우리가 상상하고 쓴 것을 당신들이 모두 알게 된다면, 더욱더 유쾌한 성찬이 마련될 것이오. 먼 데 있는 경치의 모든 매력이 거기에 있고, 경이로움에 대한 무의식적인 찬사가 모두 거기에 있고, 새로움과 불명확한 것에 대한 조용한 분노가 모두 거기에 있소. 여러분은 부러워할 수 없을 만큼 세련된 덕을 짊어졌고, 비난 조차 할 수 없을 만큼 생생한 죄악을 지었다고 책망 받아왔소. 과거의 우리 문인들—지혜를 갖춘 현자들—은 우리에게 알려주었다오, "당신들은 당신들의 옷 속 어딘가에 덥수룩한 꼬리를 숨기고 있고, 종종 새로 태어난 아기를 삶아서 요리를 해 먹는다"라고. 아니, 우리는 당신들에 대해 더 고약한 것을 알고 있소. 우리는 당신들이 이 지상에서 가장 언행이 불일치한 사람들이라고 생각해왔소. 왜냐하면 당신들은 결코 실천하지 않은 것을 설교한다고 알려졌기 때문에.

그러나 우리의 그런 그릇된 관념은 빠르게 사라지고 있다. 상업이 유럽의 언어들을 동양의 수많은 항구에 풀어놓았기 때문이다. 아시아의 젊은이들은 현대적인 교육으로 무장하기 위해 서구의 대학으로 떼지어 가고 있다. 우리의 통찰은 당신들의 문화를 깊이 꿰뚫어보지 못한다. 그러나 적어도 우리는 기꺼이 배우려고 한다. 나의 동포 가운데는 당신네들의 관습과 예절을 너무 많이 받아들인 사람들이 있다. 빳빳한 깃과 높은 실크햇을 얻는 것이 당신네들 문명에 도달하는 길이라는 그릇된 생각에서 말이다. 그렇게 꾸미고 으스대는 꼴은 애처롭고도 통탄할 일인데, 그것은 자진해서 무릎을 꿇고 서양 문명으로 다가가려는 뜻을 나타낸 것이다. 불행하게도 서양인은 동양을 이해하기 위해 바람직한 태도를 취하고 있지 않다. 기독교 선교사들은 전하려고만 하지 받아들이려고는 하지 않는다. 당신들의 정보는 그저 지나가던 여행객이 남긴 믿지 못할 일화나 아니면 우리의 광대한 문학에 비해 너무도 빈약한 번역에 기초하고 있다. 라프카디오 허언[2]의 용기 있고 정중한 펜이나 『인도인의 삶의 짜임 *The Web of Indian Life*』을 쓴 저자[3]의 펜처럼 우리 자신이 지닌 감성의 횃불로 동양적 어둠을 환하게 밝혀주는 그런 것은 드물다.

어쩌면 이런 솔직함으로 말미암아 나는 다례에 대한 나의 무지를 드러내고 있는지도 모른다. 다도의 바로 그 은근함의 정신은 말해야 할 것만 말하고 그 이상은 말하지 않기를 요구한다. 그러나 나는 기품 있는 차인이 되려는 게 아니다. 신세계와 구세계의 상호 오해로 말미암아 이미 커다란 손상을 입었으므로 더 나은 이해를 촉진하기 위해 조금이라도 공헌하려는 것이니, 굳이 변명을 할 필요는 없으리라. 20세기 초두에 러시아가 자신을 낮추고 일본을 더 잘 알려고 했더라면,

---

2 라프카디오 허언(Lafcadio Hearn, 1850~1904) : 그리이스 태생의 영국인으로, 1890년에 일본에 갔다. 일본 여성과 결혼하고 고이즈미 야구모(小泉八雲)로 개명하고 일본에 귀화하였다. 일본 문화를 서양에 소개하는 영문 저서를 많이 남겼다.

3 『인도인의 삶의 짜임 *The Web of Indian Life*』의 저자는 니베디타 수녀The Sister Nivedita인데, 본명은 마가렛 이 노오블Margaret E. Noble이다. 영국 여성으로 인도에서 수행을 하였다.

피비린내 나는 전쟁은 막을 수 있었을 것이다. 동양의 문제를 경멸하고 무시하면, 인간성에 얼마나 무시무시한 결과가 초래되던가! 황색인의 재앙이라고 우스꽝스럽게 소리치는 것을 부끄럽게 여기지 않는 유럽 제국주의는 아시아가 백인의 재난이 가져올 잔혹함에 대해 눈뜨게 될 것이라는 것도 깨닫지 못하고 있다. 당신들은 "차 기운이 너무 많다"고 나를 비웃을지도 모르겠는데, 그러나 우리는 서양인 당신들에게는 체질적으로 "차 기운이 없다"고 의심하지 않겠는가?

우리 서로 경구警句를 던지는 짓은 자제하고 그만두자. 두 대륙에서 각기 얻은 것으로 서로 더 지혜롭게 되지 못한다면 슬퍼지지 않을까? 우리는 서로 다른 방향으로 발전하였으나, 한쪽이 다른 쪽을 보완해주지 못할 이유는 없다. 당신들은 불안해하면서 끊임없이 확장하였고, 우리는 침략에 맞서기에는 너무도 약한 조화를 창조하였다. 당신들은 이걸 믿을까?― 어떤 점에서는 동양이 서양보다 더 낫다는 것을!

참으로 이상한 건 그렇게 멀리 떨어진 동서양의 인정이 여태까지 찻잔 속에서는 만났다는 사실이다. 보편적으로 평가받는 것으로는 이 다도가 아시아의 유일한 의례다. 백인들은 우리의 종교와 윤리를 비웃으면서도 갈색 음료수(홍차)는 머뭇거리지도 않고 받아들인다. 오후의 차는 이제 서구 사회에서는 중요한 자리를 차지하고 있다. 쟁반과 찻잔 받침이 부딪치는 그 미묘한 소리 속에서, 여성이 대접하면서 내는 그 부드러운 옷자락 소리 속에서, 크림과 설탕을 권하거나 사양하는 뻔한 문답 속에서, 우리는 차에 대한 숭배가 의심할 여지없이 확립되어 있음을 알게 된다. 달여낸 찻물 속에서 자신을 기다리는 운명에게 손님은 현명하게 체념을 선언하는데, 바로 이 하나의 실례에서도 동양적 정신은 위세를 떨친다.

차에 대해 유럽인이 쓴 최초의 기록은 아라비아 여행자의 기행문 속에서 발견되었다고 하는데, 거기에 879년 이후 중국 광동廣東의 주요 수입원이 소금과 차에 부과된 세금이었다는 게 적혀 있다. 마르코 폴로[4]는 중국(원나라)의 재무대신이 1284년에 차 세금을 제멋대로 올렸다는 이유로 면직된 사실을 기록하였다. 유럽인들이 극동에 대해 더 많이 알게 된 것은 위대한 발견의 시기였다. 16세기 말경에 네덜란드인들은, 동양에서는 관목의 잎으로 상쾌한 음료수를 만들어낸다는 새로운 소식을 유럽에 전하였다. 지오반니 바티스타 라무시오 (1559)[5], 루이 드 알메이다(1576)[6], 마훼노(1588), 타레이라(1610) 등의 여

---

4 마르코 폴로(Marco Polo, 1254~1324) : 베네치아의 상인이며 여행가. 1271년부터 1295년까지 유럽에서 아시아를 두루 여행했으며, 17년간 중국에 머물렀다. 그가 남긴 『동방견문록』(원제는 『세계의 서술』)은 여행기의 고전이다.
5 지오반니 바티스타 라무시오(Giovanni Batista Ramusio, 1485~1557) : 베네치아의 인문주의자이며 역사가이며 지리학자이다. 라틴어와 그리스어에 정통하여 퀸틸리아누스 (Quintillianus 35?~95?) 및 역사가 리비우스(Livius; BC. 59~AD. 17)의 『로마건국사』를 아르두스서점에서 간행했으며, 이 밖에 중요한 여행기를 집대성한 『항해와 여행』(3권,

행가들 역시 차에 대해 언급하였다. 1610년에 네덜란드 동인도회사의 배들이 처음으로 차를 유럽에 가져왔다. 프랑스에 알려진 것은 1636년이었고, 러시아에는 1638년에 그 소식이 전해졌다. 영국은 1650년에 이를 반갑게 맞아들이면서, "모든 의사들이 보증하는 그 탁월한 중국 음료! 중국인들은 차라고 부르고, 다른 나라에서는 타이 또는 티라고 부른다"고 말하였다.

이 세상에 좋다고 하는 모든 것처럼 차 또한 선전하는 과정에서 반대에 부딪쳤다. 헨리 새빌(1678)과 같은 이단자는 차 마시는 것을 불결한 관습이라고 비난하였다. 죠나스 한웨이[7](『차에 관한 수상록 Essays on Tea』, 1756)는 "차를 마시면, 남자는 키가 작아지고 단정함을 잃는 것 같고, 여자는 그들의 아름다움을 잃는 것 같다"고 말하였다. 처음에는 그 값—1파운드에 대략 15 내지 16실링—이 비쌌기 때문에 대중은 소비할 수 없었으니, "기품 있는 접대와 향응을 위한 표장標章이요, 왕족이나 귀족들에게 바치는 선물"로 여겨졌다. 그러나 그런 장애에도 불구하고 차 마시기는 놀라운 속도로 퍼져갔다. 18세기 전

1550~1559)을 간행했다.

6 루이 드 알메이다(Louis de Almeida, 1525~1583) : 포르투갈의 군인이며 여행가로서, 인도에서 일본으로 건너가서 기독교를 포교하였다.

7 죠나스 한웨이(Jonas Hanway, 1712~1786) : 영국의 여행가이며 박애주의자. 세계 각국을 여행하고 1753년에 여행기를 썼는데, 이것으로 유명해졌다. 1756년에 영국의 선원들을 위해 선원협회를 세우는 등 다양한 사회사업도 하였다.

반에 런던의 커피집은 사실상 찻집이 되었고, 애디슨[8]과 스틸[9] 같은 문인들은 안식처로 여겨 차를 마시면서 무료를 달랬다. 그 음료는 곧 생활필수품이 되었고 과세 대상이 되었다. 우리는 이러한 관계 속에서 차가 근대사에서 얼마나 중요한 역할을 했는지 떠올리게 된다. 식민지 아메리카는 압제 앞에서 스스로 체념하고 있었는데, 차에 부과되는 무거운 세금 앞에서는 그들의 인간적인 인내심도 바닥을 드러냈다. 차 상자를 보스턴 항구에 내던지는 날로부터 아메리카의 독립은 시작되었다.

차의 맛에는 도무지 견딜 수 없고 이상화될 수도 없는 미묘한 매력이 있다. 서양의 익살꾼들은 그들 사상의 향기를 차의 기품과 뒤섞는 데에 그리 둔하지 않았다. 차에는 포도주의 거만함이 없고, 커피의 강렬한 자의식도 없거니와, 코코아처럼 선웃음 치는 순수함도 없다. 이미 1711년에 〈스펙테이터〉는 이렇게 적고 있다. "그러므로 이런 나의 성찰을 적절한 규칙 속에서 사는 모든 가족들에게 특별한 습관으로 삼도록 추천하노니, 아침마다 차와 빵과 버터를 위해 한 시간

---

8 조세프 애디슨(Joseph Addison, 1672~1719)을 가리킨다. 영국의 수필가이며 시인. 챠터하우스Charterhouse에서 공부하였는데, 스틸과는 급우였다. 수필가로서 명성이 높았는데, 스펙테이터Spectator, 가디언Guardian 등의 잡지에 주로 기고하였다. 그의 산문은 소박함, 정연함, 간결함이 특징이었다.

9 리차드 스틸(Richard Steele, 1672~1729)을 가리킨다. 영국의 수필가이며 극작가. 태틀러Tatler라는 잡지를 창간하여 벗인 애디슨과 함께 글을 실었다. 스틸의 산문은 애디슨과 달리 즉흥성과 재치, 상상력이 돋보이는 것이었다.

쯤 떼어놓기를 바란다. 그리고 자신을 위해 이 신문이 제시간에 배달되어 차 도구의 일부로 다루어질 수 있도록 요구하기를 진심으로 충고하노라."

사무엘 존슨[10]은 자신의 초상화를 이렇게 그려냈다. "철면피하고 부끄러움을 모르는 차 중독자, 20년 동안 오로지 매혹적인 식물에서 우려낸 것으로 제 식사를 묽게 만든 자, 차로써 저녁을 즐기고, 차로써 한밤을 위로하고, 또 차로써 아침을 즐거이 맞았던 자."

전문가적 식견을 가지고 열렬히 신봉했던 찰스 램[11]이, "내가 아는 가장 위대한 즐거움은 몰래 선행을 베풀었다가 우연히 알려지게 되는 것이다"라고 썼을 때, 차의 참된 특징을 말한 것처럼 들린다. 왜냐하면 다도란 그대가 발견할 수도 있을 아름다움을 숨기는 예술이요, 감히 드러낼 수 없는 것을 암시하는 예술이기 때문이다. 그것은 자신을 은근히, 그러나 철저하게 비웃는 고상한 비밀이요, 이리하여 그 자체가 해학이요 깨달음의 미소다. 이런 의미에서 모든 진정한 익살

---

10 사무엘 존슨(Samuel Johnson, 1709~1784) : 18세기 후반 영국의 문학을 주도한 인물로 작가이며, 학자, 비평가이다. 뿐만 아니라 날카롭고 재치 있는 토론가로도 유명하다. 그의 가장 큰 업적은 『영어 사전』(1755)의 편찬이다. 단어에 대한 박식한 정의와 정확한 인용으로 이후에 나오는 모든 영어 사전의 기초가 되었다.

11 찰스 램(Charles Lamb, 1775~1834) : 영국의 수필가. 런던의 가난한 집안에서 태어났다. 정신병을 앓던 누이가 어머니를 살해하는 비극도 겪었으나, 이 누이를 돌보기 위해 결혼도 하지 않고 평생을 같이 지냈다. 이 누이와 함께 『셰익스피어 이야기』를 엮어내기도 하였다. 1820년에 런던 매거진에 '엘리아'라는 필명으로 수필을 연재하면서 영문학사에서 수필 문학의 화려한 꽃을 피우기 시작하였고, 결국 영국 최고의 수필가로 인정받았다.

꾼들은 차의 도인들이라 할 수 있을 것이다. 예를 들면, 쌔커리[12]가 있고, 또 물론 세익스피어도 있다. 저 세기말 퇴폐기頹廢期의 시인들,―언제는 퇴폐기의 세상이 아니었나?―물질주의에 항변하던 그들도 역시 어느 정도까지는 다도로 가는 길을 열었다. 아마도 오늘날에 서양과 동양이 만나서 서로 위로하기 위해서는 불완전에 대해 차분하게 명상하는 길뿐이리라.

도가道家에서는, 시작도 없는 저 아득한 시초에 정신과 물질이 만나서 필연적인 싸움을 벌였다고 말한다. 그 결과, 하늘의 해인 황제黃帝[13]가 어둠과 땅의 신령인 축융祝融[14]을 누르고 승리를 거두었다. 죽음의 고통 때문에 그 거인은 머리를 태양의 천정에 부딪치고 푸른 비취빛이 감도는 둥근 덮개를 산산이 조각내었다. 별들은 그들의 보금자리를 잃었고, 달은 밤의 그 황량한 수렁 속을 정처 없이 떠돌게 되

---

12 윌리엄 메이크피스 쌔커리(William Makepeace Thackeray, 1811~1863)를 가리킨다. 영국의 소설가이며 풍자가다. 찰스 디킨스와 함께 19세기 영국을 대표하는 작가다. 1848년 『속물들에 관한 책Book of Snobs』으로 대중적 명성을 얻었고, 같은 해에 『허영의 시장』으로 주요 소설가의 반열에 올랐다.

13 황제(黃帝)는 중국 고대의 전설적 제왕으로, 오제(五帝) 가운데 한 사람. 이름은 헌원(軒轅)이다. 치우(蚩尤)의 난을 평정하고 천자(天子)가 되었다. 집·의복·배·수레·활 등을 발명하고, 문자·음률(音律)·도량형·의술·달력 등을 제정하고 도입한 중국문명의 개조(開祖)로 일컬어진다. 도가(道家)의 한 유파에서는 황제를 노자(老子)보다 앞선 개조로 숭상한다.

14 축융(祝融)은 중국 신화에서 불의 신이다. 어려서부터 불을 가까이하기를 좋아하였고, 불을 오랫동안 보존하는 능력이 탁월하였다고 한다. 또 불을 이용하는 법을 알아내어 사람들에게 가르쳐주었다고 한다.

었다. 절망에 빠진 황제는 하늘을 수선해줄 자를 찾아서 저 멀리 두루 찾아다녔다. 찾아다녔던 그 노력이 헛되지 않아, 뿔로 된 왕관을 쓰고, 용의 꼬리를 달고, 불의 갑옷을 입은 눈부신 여왕, 거룩한 여왜女 媧[15]가 동쪽 바다에서 나타났다. 그녀는 마법의 가마솥에서 오색 무지개를 용접하여 중국의 하늘을 다시 세웠다. 그러나 또 여왜는 그 푸른 하늘에 있던 두 개의 작은 틈을 깜빡 잊고 메우지 않았다고 한다. 그리하여 사랑의 이중주가 시작되었다. 두 영혼은 아득한 공간을 굴러다니며 결코 쉬지 못한다. 그들이 만나 하나가 되어 온 우주를 완전하게 만들 때까지는. 누군가 희망과 평화의 하늘을 새롭게 짓지 않으면 안 된다.

현대인의 인간성이 이고 있는 하늘은 부와 권력을 얻으려는 거대한 투쟁 속에서 정말이지 산산조각이 났다. 세계는 이기심과 천박함의 그늘 속에서 더듬거리고 있다. 지식은 떳떳하지 못한 마음으로 얻고, 자비는 유용하기 때문에 행해지고 있다. 동양과 서양은 들끓는 바다에 내던져져서 삶의 보석을 되찾으려고 헛되이 노력하는 두 마

---

15 여왜(女媧)는 중국 고대 신화에 등장하는 여신으로, 인류를 창조한 조물주로 알려져 있다. 『회남자(淮南子)』에 따르면, 태고에 하늘을 떠받치고 있던 네 개의 기둥이 부러지자, 대지는 조각조각 갈라지고 가는 곳마다 큰 화재와 홍수가 발생했으며, 또한 맹수와 괴조(怪鳥)가 횡행하여 사람들을 괴롭혔다고 한다. 이때 여왜가 오색으로 빛나는 돌을 녹여 구멍 뚫린 하늘을 메우고, 큰 거북의 다리를 잘라 하늘과 땅 사이를 괴었기 때문에 지상은 다시 평안해졌다고 한다.

리 용과 같다. 그 어마어마한 참화를 바로잡기 위해서는 또다시 여왜가 필요하다. 우리는 위대한 화신을 기다린다. 그 사이에, 우리 차나 한 잔 합시다. 오후의 햇살이 대숲을 화사하게 비추고, 샘물은 기쁨에 들떠 흐르고, 솔잎 사이로 부는 산들바람이 탕관湯罐에서 들려온다. 아, 덧없는 것을 꿈꾸며 사물의 아름다운 어리석음 속에서 서성거립시다.

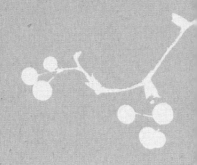

둘째 마당 ●

차
의
유
파

둘
째
마
당
●

차
의
유
파

차는 예술작품이므로 그 숭고한 특질을 끌어내기 위해서는 대가
의 손길을 필요로 한다. 우리는 좋은 차와 나쁜 차를 가지고 있다. 좋
은 그림과 나쁜 그림을 가지고 있듯이. 대체로 후자가 되겠지만. 차를
완전하게 달이는 데에 유일한 비방이 있는 게 아니다. 티티안Titian[1]
이나 셋손雪村[2]과 같은 화가의 그림이 만들어지는 데에 법칙이 있는

---

1 티티안 : 본래 이름은 티지아노 베첼리오(Tiziano Vecellio, 1450?∼1576)이다. 이탈리아
   화가로, 강렬한 색채와 짜임새 있는 배경을 베네치아파에 도입하였다. 대표작은 「성모 마
   리아의 승천The Assumption of the Virgin」(1518)이다.
2 셋손 : 무로마치(室町) 시대의 화승(畵僧). 셋슈우(雪舟; 1420∼1506)에게 사숙하여 그림
   공부를 하였고, 동적이고 개성적인 작품을 많이 남겼다. 대표작으로 「송응도(松鷹圖)」,
   「풍도도(風濤圖)」, 「여동빈도(呂洞賓圖)」, 「자화상(自畵像)」 등이 있다.

게 아니듯이 말이다. 찻잎은 달일 때마다 그 개성이 있으니, 물과 불에 대해서는 각별한 친화력이 있고, 대대로 내려오는 떠올릴 만한 기억들이 있고, 이야기를 들려주는 그 나름의 방식이 있다. 진정한 아름다움은 언제나 그 속에 있다. 예술과 삶의 이토록 단순하고 근원적인 법칙을 사회가 좀체 인정해주지 않는 것 때문에 우리는 얼마나 엄청난 고통을 겪고 있는가? 송宋나라의 시인 이죽난李竹嬾[3]은, 이 세상에는 가장 한탄할 일이 세 가지 있다고 슬픈 어조로 말하였다. 첫째는 그릇된 교육으로 훌륭한 젊은이들을 망치는 일, 둘째는 천박한 감상으로 훌륭한 그림의 가치를 떨어뜨리는 일, 셋째는 서투른 솜씨로 훌륭한 차를 그대로 낭비하는 일.[4]

　예술과 같이 차에도 그 시대가 있고 그 유파가 있다. 그 발달은 대충 크게 세 단계로 나눌 수 있을 것이다. 달이는 차(떡차), 휘젓는 차(가루차), 우려내는 차(잎차). 우리 현대인은 마지막 단계에 속한다. 특정한 음료를 감상하는 이런 몇 가지 방법은 그것들이 유행했던 시

3　이죽난(李竹嬾)은 명(明)나라 때 사람인 이일화(李日華; 1565~1635)다. 죽난은 그의 호다. 서화(書畵)에 능했고, 감상에서도 뛰어나 세상에서는 박물군자(博物君子)라 일컬었다. 저서에 『서화감상록(書畵想像錄)』, 『죽난화잉(竹嬾畵賸)』, 『자도헌잡철(紫桃軒雜綴)』 등이 있다. 본문에서 송나라 때 사람이라 한 것은 잘못이다.

4　이 말은 이일화의 『자도헌잡철(紫桃軒雜綴)』 권2에 나오는데, 원문은 다음과 같다. "형편없는 선생의 가르침으로 훌륭한 젊은이들을 망치는 일이 있고, 빼어난 산수를 속된 화가가 함부로 단장하여 망치는 일이 있고, 좋은 차를 서투른 솜씨로 달이다 망치는 일이 있다.(有好子弟爲庸師敎壞, 有好山水爲俗子粧点壞, 有好茶爲凡手焙壞.)"

대의 정신을 나타낸다. 왜냐하면 삶은 하나의 표현이며, 우리의 무의
식적인 행동은 우리의 저 깊은 내면의 생각과 끊임없이 배치되기 때
문이다. 공자는 "사람이 어찌 숨기겠느냐?"라고 말하였다. 아마도 우
리는 아주 사소한 것에서 자신을 너무 많이 드러내는지도 모른다. 감
추어야 할 위대함이 너무 적기 때문에. 일상의 하찮은 일들은 철학이
나 시의 최고봉과 똑같이 인종적 이상에 대해서도 설명해준다. 포도
주를 좋아하는 취향의 차이조차 각 시대나 유럽 각국의 국민성이 지
닌 각각의 특질을 드러내듯이, 차의 이상도 동양 문화의 여러 가지
정서적 특성을 나타낸다. 달이는 떡차, 휘저어서 거품을 내는 가루
차, 우려내는 잎차는 중국의 당唐 왕조, 송宋 왕조, 명明 왕조의 각기
다른 감정적 충동을 드러낸다. 우리가 만일 예술의 분류에서 지나치
게 많이 써먹은 용어를 빌려 오기로 한다면, 그것들을 각각 차의 고
전파, 낭만파, 자연주의파라고 부를 수 있을 것이다.

　중국 남부가 원산지인 차나무는 아주 이른 시기부터 중국의 식물
학계나 의학계에 알려져 있었다. 고전을 보면, 도茶·설蔎·천荈·
가檟·명茗 등 여러 가지 이름으로 언급되어 있으며, 피로를 회복시
켜주고 마음을 상쾌하게 해주며 뜻을 굳세게 해주고 시력을 교정해
주는 미덕이 있다고 하여 높이 평가되었다. 내적인 안정을 위해 복용
하였을 뿐만 아니라, 종종 류머티즘으로 인한 고통을 누그러뜨리기
위해 연고의 형태로도 곧잘 쓰였다. 도가에서는 영생불사의 영약을

만드는 데에 가장 중요한 성분이라고 주장하였다. 불교도들은 오래도록 명상하는 동안 몰려오는 졸음을 쫓기 위해 널리 사용하였다.

4~5세기 경, 차는 양쯔 강 유역의 주민들이 가장 즐겨 마시는 음료가 되었다. 바로 이 시기에 현대적 표기인 '차茶'라는 글자가 만들어졌는데, 분명 고대의 도荼가 와전된 것이리라. 남조南朝[5]의 시인들은 '비취빛 액의 거품'에 대한 그들의 열렬한 숭배를 약간의 단편으로 남겼다. 그리고 황제는 진귀한 찻잎을 약간 남겨두었다가 대신들 가운데 탁월한 공적을 쌓은 자에게 상으로 하사하곤 하였다. 그러나 이 시기에 차를 마시는 방식은 지극히 원시적이었다. 잎을 쪄서 절구로 찧어 떡으로 빚어서는 쌀이나 생강, 소금, 귤껍질, 향신료, 우유, 때로는 양파까지 넣어서 함께 삶는 그런 방식이었다. 오늘날에도 티베트와 여러 몽골 민족 사이에서는 여전히 그런 방식을 쓰고 있는데, 그들은 이런 혼합물로 묘한 시럽을 만들어 먹는다. 러시아인들은 레몬 조각을 사용하는데, 이는 중국의 대상隊商에게서 배운 것으로 옛날 방식이 남아 있다는 걸 알 수 있다.

그렇게 조잡한 방식으로부터 차를 해방시키고 또 이상적인 경지

---

5 중국 남북조(南北朝, 265~589) 시대의 남조를 가리킨다. 남북조는 후한(後漢)이 망하고 삼국시대를 거친 후에 수많은 군소 국가가 분립한 시기이다. 가장 중요한 나라로는 북쪽의 위(魏), 남쪽의 서진(西晉) · 동진(東晉) · 유송(劉宋) · 남제(南齊) · 양(梁) · 진(陳) 등 여섯 나라를 들 수 있다. 이 남북조 시대는 수(隋)나라의 건국으로 막을 내렸다.

로 끌어올리기 위해서는 당 왕조의 천재들이 필요했다. 8세기 중엽에 등장한 육우陸羽(727?~803?)는 차의 개조開祖다. 육우는 불교와 도교, 유교가 서로 통합을 모색하던 시기에 태어났다. 다신교적인 그 시대의 특징은 사람들로 하여금 구체적이고 특수한 것에 보편적인 것이 투영되어 있음을 알게 하였다. 시인이었던 육우는 차 마시는 일에서 만물을 지배하고 있던 것과 똑같은 조화와 질서를 보았다. 육우는 탁월한 저작 『다경茶經』에서 차의 규범을 체계화하였다. 그 후로 육우는 중국의 차 장사꾼들 사이에서 수호신으로 숭배되었다.

『다경』은 세 권, 열 개의 장으로 구성되어 있다. 첫째 장에서 육우는 차나무의 본성을 논하였고, 둘째 장에서는 찻잎을 따서 모으는 데 쓰는 도구를, 셋째 장에서는 찻잎을 고르는 것에 대해서 논하였다. 육우에 따르면 최상의 잎은 "북방의 타타르 유목민이 신는 가죽신처럼 주름이 있고, 힘센 황소의 처진 목살과 같이 곱슬곱슬하고, 골짜기에서 피어오르는 이내처럼 펼쳐져 있고, 산들바람에 흔들거리는 호수처럼 어슴푸레하게 빛나고, 방금 비를 맞은 기름진 땅처럼 부드럽게 젖은 것"이어야 한다.

넷째 장에서는 스물네 가지 차 도구를 열거하고 자세하게 기술하였는데, 세 발 달린 풍로風爐에서 시작하여 이 모든 도구를 담는 대바구니로 끝을 맺고 있다. 여기에서 우리가 주목할 것은 도가적 상징성에 대한 육우의 치우침이다. 또한 이 속에서 중국 자기에 차가 끼친 영향을 엿볼 수 있다는 것도 흥미 있는 일이다. 잘 알려진 것처럼 중국의 자기는 절묘한 비취빛 음영을 재생하려는 시도에서 비롯된 것이다. 그 결과 당대唐代에 남부에서는 청자가, 북부에서는 백자가 탄생하였다. 육우는 청색을 찻잔의 이상적인 빛깔로 여겼는데, 청색이 차에 녹색을 더해준다면, 백색은 분홍빛이 돌게 하면서 풍미 없게 만들기 때문이다. 그것은 떡차를 사용했다는 것과도 관련된다. 후에 송나라의 차인들은 가루차로 돌아서면서 검푸른 것과 흑갈색의 무거운 사발을 선호하였다. 명나라 사람들은 우려내는 차와 함께 백자의 가벼운 그릇을 좋아하였다.

다섯째 장에서 육우는 차를 달이는 방법에 대해 설명한다. 육우는 소금을 제외한 모든 성분을 제거하였다. 물의 선택과 차를 끓이는 온도에 대해서도 상당한 논의를 펼쳤다. 육우에 따르면 산 속의 샘물이 최상이고, 강물과 우물물은 그 다음으로 좋다고 한다. 끓는 데에는 세 단계가 있다. 물고기의 눈과 같은 작은 거품이 물의 표면에 솟아나면 첫째 끓음이다. 거품이 샘에서 또르르 구르는 수정구슬처럼 될 때가 둘째 끓음이다. 끓는 물이 탕관 속에서 거칠게 용솟음칠 때가 셋째 끓음이다. 떡차는 어린아이의 팔처럼 부드러워질 때까지 불 앞에서 굽고, 고운 종이에 싸서 조각을 내고 가루로 만든다. 첫째 끓음에서 소금을 넣고, 둘째 끓음에서 차를 넣는다. 셋째 끓음에서는 차가운 물 한 국자를 탕관에 들이부어 차를 가라앉히고 물의 원기를 되살린다. 그러고 나서 찻물을 잔에 붓고 마신다. 오, 감로로다! 엷고 어린잎이 화창한 하늘에 떠 있는 비늘 같은 구름처럼 걸려 있고, 에메랄드 빛 개울에 떠 있는 수련같이 흐르고 있다. 당나라 시인 노동盧소[6]이 묘사한 그런 음료였다.

첫째 잔은 내 입술과 목을 적시고
둘째 잔은 외로움을 달래주고
셋째 잔은 메마른 창자를 찾아서 기이한 글자로 된 5천 권을 발견하고
넷째 잔은 가벼운 땀을 일으켜 평생의 모든 허물을 털구멍으로 내보내고
다섯째 잔은 기운을 맑게 하고
여섯째 잔은 불사의 세계로 나를 이끌고
일곱째 잔, 아 더 마시지도 않았건만
옷자락에서 이는 시원한 바람만 느껴질 뿐.
봉래산이 어디메뇨?

---

6 노동(盧소, 795?~835)은 당나라 때 시인. 자호는 옥천자(玉天子)이다. 가난하게 살면서도 독서하고 시 짓기를 좋아하였다. 조정에서 불러들이려 하였으나, 벼슬을 원하지 않아 나아가지 않았다. 당시 한유(韓愈)가 노동의 시를 좋아하고 그 인격을 높이 여겼다. 저서로 『옥천자시집(玉天子詩集)』이 있다.

이 감미로운 바람을 타고 거기로 두둥실 날아가려네.[7]

『다경』의 나머지 장들은 통상적인 음다법의 천박함, 차 마시기 좋아하는 것으로 유명했던 역사적 인물의 개요, 중국의 유명한 차밭, 다법의 가능한 변용과 차도구의 그림 등에 대해 서술하고 있다. 불행하게도 마지막 장은 없어졌다.

『다경』의 출현은 분명 그 시대에 상당한 흥분을 불러일으켰다. 육우는 황제 대종代宗(762~779)이 돌보아주었고, 그의 명성은 많은 문도들을 끌어들였다. 몇몇 멋쟁이들은 육우와 그 문도들이 만든 차를 식별할 수 있었다고 한다. 어떤 관리는 이 위대한 차인의 차를 감별하는 데 실패했다는 것으로 영원히 그 이름을 남기고 있다.

송대에는 휘젓는 차가 유행하게 되면서 차의 두 번째 유파가 탄생했다. 찻잎을 작은 맷돌로 곱게 빻아서 가루로 만들고, 이 가루를 담은 그릇에 뜨거운 물을 붓고 대나무로 정교하게 만든 찻솔로 젓는다. 이 새로운 방식은 찻잎의 선택뿐만 아니라 육우가 말한 차 도구에도 어떤 변화를 가져왔다. 소금은 영원히 버려졌다.

---

7 〈맹간의가 햇차를 보내준 데 대해 감사드리며(謝孟諫議寄新茶)〉라는 글에 나오는데, 원문은 다음과 같다. "一椀喉吻潤, 二椀破孤悶, 三椀搜枯腸, 惟有文字五千卷, 四椀發輕汗, 平生不平事盡向毛孔散, 五椀肌骨清, 六椀通仙靈, 七椀吃不得也, 唯覺兩腋習習淸風生. 蓬萊山在何處? 玉天子乘此淸風, 欲歸去."

송대 사람들의 차에 대한 열광은 끝이 없었다. 미식가들은 서로 다투며 새롭고 다양한 방법을 발견하려 하였고, 누가 우월한지를 결판내려고 정식으로 대회도 열었다. 황제 휘종徽宗(1100~1125)은 근엄한 군주가 되기에는 너무도 위대한 예술가였고, 진귀한 품종을 얻으려고 재화를 아낌없이 썼다. 그 자신 스무 편의 다론茶論을 썼는데, 거기에서 그는 가장 진귀하고 최상의 품질을 자랑하는 '백차(白茶)'를 높이 평가하였다.

송대 사람들이 이상적이라고 여겼던 차는 당대 사람들과는 달랐으니, 그들의 인생관만큼이나 달랐다. 송대 사람들은 그들의 선조들이 상징적으로 드러내려 했던 것들을 사실적으로 나타내려고 하였다. 신유학자[8]들의 마음에서는 우주의 법칙이 현상 세계 속에 비치는 것은 아니었지만, 현상 세계는 그 자체가 우주의 법칙이었다. 영원은 순간일 뿐이었고, 열반은 언제나 손아귀에 있었다. 불멸은 끊임없는 변화 속에 있다고 하는 도가의 관념이 그들의 모든 사유 방식 속에 녹아들었다. 흥미를 끄는 것은 과정이었지 행위가 아니었다. 참으로 본질적인 것은 '완성하는' 것이지 '완성' 은 아니었다. 그리하여 인간

---

8 신유학자는 송대에 주희(朱熹, 1130~1200)를 통해 집대성된 성리학을 탐구하는 학자들을 가리키는 말이다. 성리학자라도도 한다. 성리학은 불교사상의 영향을 받아 본체론이나 우주론을 전개하였는데, 이는 그 이전의 유학과 사뭇 달랐다. 그래서 신유학이나 신유학자로 일컫게 되었다.

은 '저절로 그러한' 자연과 곧바로 마주하였다. 새로운 의미가 삶의 예술이 되었다. 차는 더 이상 시적인 놀이가 아니라 스스로 깨닫는 방법 가운데 하나가 되었다.

왕우칭王禹偁[9]은 차를 찬양하기를, "직언과 같이 나의 영혼을 적시고, 그 미묘하고 쓴 맛은 나로 하여금 지혜의 말씀을 듣고 난 후의 여운을 생각나게 한다"[10]고 하였다. 소동파蘇東波[11]는, 그 티 없이 순수한 힘은 참으로 덕이 높은 군자와 같아서 더럽힐 수 없다고 썼다.

불교 가운데서 도교의 교리를 상당 부분 흡수한 남종선南宗禪[12]은 정교한 다례를 정립하였다. 스님들은 보리달마상 앞에 모여서 거룩한 성찬에서처럼 지극한 공경으로 한 사발의 차를 마셨다. 이 선종의 의식이 결국 15세기 일본의 챠노유우茶湯[13]로 발전하였다.

---

9 왕우칭(王禹偁, 954~1001) : 북송(北宋) 때의 문인. 자는 원지(元之)다. 983년에 진사가 되어 벼슬살이를 시작하였으나, 성품이 강직하고 인물의 선악을 평가하기를 좋아하여 권력을 전횡하던 이에게 배척받아 두 차례나 좌천되었다. 그는 북송 시문(詩文)을 혁신하는 데 선구자 역할을 하였다. 저서에 『소축집(小畜集)』이 있다.

10 원문은 다음과 같다. "沃心同直諫, 苦口類嘉言."(「다원십이운(茶園十二韻)」

11 소동파(蘇東坡, 1037~1101) : 북송 때의 문인. 이름은 식(軾)이고, 자는 자첨(子瞻)이며, 동파는 호이다. 정치적으로 왕안석(王安石)의 신법(新法)을 반대하여 구법(舊法)을 주장하면서 잘못된 정치를 혁파하는 데에 힘썼다. 그러나 생활이나 사상에서는 불교와 노장을 좋아 세속에 구애받지 않고 초연하고 활달한 경향이 강하였고, 시문에도 그런 면이 드러나 있다. 당송팔대가의 한 사람으로, 부친인 소순(蘇洵)과 아우인 소철(蘇轍)과 함께 삼소(三蘇)로 일컬어졌다. 그의 「적벽부(赤壁賦)」는 유명하며, 저작으로 『동파전집(東坡全集)』이 있다.

12 남종선(南宗禪)은 신수(神秀, 606~706)의 북종선에 대해 혜능(慧能, 638~713)의 계보를 잇는 선을 가리킨다. 당말 이후의 모든 선은 이 남종선 계통이다.

불행하게도 13세기에 중국은 몽고의 갑작스런 침략으로 황폐해지고 정복되어 원元 황제의 야만적 통치 하에 놓이게 되었다. 송대에 열매를 맺은 모든 문화는 파괴되었다. 15세기에 한족漢族이 세운 명 왕조는 부흥을 노렸지만, 내부의 혼란으로 시달리다가 17세기에 다시 외래 민족인 만주족의 통치 하에 떨어졌다. 풍속과 관습은 일변하여 전대의 자취라곤 전혀 남지 않았다. 가루차는 완전히 잊혀졌다. 송대 고전 속에 언급된 찻솔의 형태를 생각해내지 못해서 당황하는 명대의 어떤 주석가[14]도 눈에 띈다. 이제는 사발이나 잔의 뜨거운 물에 찻잎을 담가서 우려내어 마시는 차가 되었다. 서구 세계가 옛날의 음다법에 무지한 이유는 유럽인이 차를 알게 된 때가 명 왕조 말기였다는 사실에 의해 설명된다.

현대 중국인들에게 차는 맛있는 음료이지 이상적인 어떤 것은 아니다. 그 나라에 가해진 오랜 재앙은 의미 있는 삶에 대한 열정을 빼앗아갔다. 그 나라는 현대화되었다. 말하자면 늙고 매력이 사라졌다.

---

13 챠노유우(茶湯)란 말이 쓰이기 시작한 것은 15세기 중반 즈음이고, 16세기에 들어서 널리 쓰였다. 이 챠노유우는 아직 완전히 차가 일본풍의 것이 되지 않았을 때의 명칭이다. 이윽고 에도(江戶) 시대 초기에 챠노유우의 정신과 그 도통(道統)이 널리 강조되면서 다도(茶道)라는 용어가 챠노유우를 대신하게 되었다. 다도란 결국 챠노유우의 도라는 뜻으로 이해될 수 있다.

14 명대의 성리학자이며 정치가인 구준(邱濬, 1420~1495)을 가리킨다. 역사적 사실에 밝았는데, 만년에 오른쪽 눈을 실명하면서 학문에 더욱 정진하였다. 저서로 『경대회고(瓊臺會稿)』, 『대학연의보(大學衍義補)』 등이 있다.

시인들과 옛 사람들의 영원한 젊음과 활기를 이루던 환상에 대한 숭고한 신념을 그들은 잃어버렸다. 이젠 절충주의자가 되어 우주의 인습을 공손하게 받아들일 뿐이다. 자연을 집적대기는 하지만, 자신을 낮추어서 정복하거나 숭배하지는 않는다. 그들의 잎차는 종종 꽃과 같은 향기를 뿜어서 놀래키기는 하지만, 당대와 송대의 격식이 주는 낭만을 잔 속에 담아내지는 못하고 있다.

중국 문명의 발걸음을 바싹 뒤쫓아 가던 일본은 세 시기의 차를 모두 알고 있다. 729년 그 이른 시기에 이미 쇼오무聖武(724~749) 천황이 나라奈良의 궁궐에서 백 명의 승려들에게 차를 나누어주었다. 그 찻잎들은 아마 당나라에 갔던 사신들이 가져온 것으로, 당시 유행하던 대로 달여 먹었을 것이다. 801년, 사이쵸오最澄[15] 스님이 씨앗을 좀 가져와서 히에이잔比叡山에 심었다. 이어지는 세기에는 귀족들과 승려들이 애호하는 음료가 되었을 뿐 아니라, 차밭도 많아졌다고 한다. 송나라 차는 남종선을 배우러 송나라에 갔던 에이사이榮西[16] 선사가

[15] 사이쵸오(最澄, 767~822) : 헤이안(平安) 시대의 승려로, 일본 천태종의 개조다. 토다이지(東大寺)에서 수계하였고, 히에이잔(比叡山)에서 수행하였다. 804년에 당나라에 건너가 천태종과 밀교 관련 전적을 구해왔다. 시호는 전교대사(傳教大師)이다. 사이쵸오가 차 씨앗을 가져와서 심었다는 것은 근거가 없는 전설이다.

[16] 에이사이(榮西, 1141~1215) : 카마쿠라(鎌倉) 전기의 임제종 승려로, 도호는 묘오안(明庵)이다. 14세 때, 히에이잔에서 수계하고, 천태교학을 배웠다. 1168년에 송나라에 들어가서 선을 배웠다. 1187년에 다시 송나라에 들어가서 임제선을 배우고 그 법맥을 이었다. 귀국 후, 1202년에 천태와 진언, 선의 삼종일치를 표방한 겐닌지(建仁寺)를 창건하였다. 저서에 『흥선호국론(興禪護國論)』과 『끽다양생기(喫茶養生記)』 등이 있다.

가지고 돌아왔다. 그가 들여온 새 씨앗들은 세 곳에서 성공적으로 재배되었다. 그 가운데 한 곳인 교토 근처의 우지宇治 지방은 지금도 세계에서 가장 우수한 차를 생산하는 곳으로 명성을 얻고 있다. 남종선은 놀라우리만치 급속하게 전파되었고, 그와 함께 송나라의 다례와 차에 대한 이상도 퍼졌다.

15세기에는 쇼오군 아시카가 요시마사足利義政[17]의 후원 하에 챠노유우는 완전히 정립되어 독자적이고 세속적인 행위가 되었다. 그 이후로 다도는 일본에서 완전히 자리 잡았다. 현대 중국의 우려내는 차는 17세기 중반 이후부터 알려졌을 뿐이고, 일본에서는 비교적 최근의 일이다. 일상적으로 소비되는 형태에서는 우려내는 차가 가루차를 대신하였지만, 여전히 가루차가 차 중의 차로서 그 지위를 유지해가고 있다.

일본의 챠노유우에서 이상적인 차의 정점을 보게 된다. 1281년 몽고 침략을 성공적으로 물리침으로써 송대의 움직임을 지속해나갈 수 있었는데, 중국에서는 오히려 유목민의 침입으로 말미암아 끔찍하게도 끊어져버렸다. 우리에게 차는 차 마시기의 형식을 이상화하는 것 이상의 의미가 있다. 그것은 종교가 된 삶의 예술이다. 차라는 음료는

17 아시카가 요시마사(足利義政, 1436~1490) : 무로마치(室町) 막부의 8대 쇼오군(將軍)이다. 예능과 풍류를 좋아하여 예능인이나 문화인을 비호하는 등 토오잔 문화(東山文化)의 흥성기를 이끌었다.

순수함과 우아함을 숭배하기 위한 핑계가 되었고, 손님과 주인이 만나서 그 순간에 일상의 지고한 행복을 만들어내는 거룩한 의식을 위한 구실이 되었다. 다실은 생활의 황무지 속에 있는 오아시스요, 피로해진 나그네들이 만나서 예술 감상이라는 공동의 샘물을 길어 마시는 곳이다. 다례는 차와 꽃과 그림을 주제로 짜여진 즉흥극이었다. 방의 품격을 떨어뜨리는 빛깔은 하나도 없으며, 사물의 운율을 깨뜨리는 어떠한 소리도 없고, 조화를 밀어내는 몸짓조차 전혀 없으며, 주위를 둘러싼 통일성을 깨뜨리는 말이라곤 한 마디도 없이 모든 움직임은 소박하고도 자연스럽게 이루어진다. 그런 것이 다례의 목적이다. 그리고 정말 기묘하게도 곧잘 성공하였다. 그 모든 것 뒤에는 미묘한 철학이 숨어 있다. 다도는 가면을 쓴 도교다.

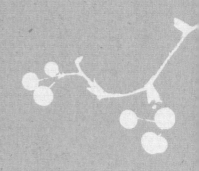

셋째 마당

도교와 선

셋째 마당 •

도교와 선

차와 선禪의 결합은 알려진 그대로다. 챠노유우가 선종의 의식에서 발달한 것이라는 말은 이미 언급하였다. 도교의 시조인 노자老子의 이름도 역시 차의 역사와 밀접하게 연관되어 있다. 중국 학교의 교과서에는 차 마시는 습관과 관습의 기원이 나오는데, 손님에게 차를 대접하는 의식은 노자의 제자로 잘 알려진 관윤關尹[1]이 함곡관函谷關에서 먼저 그 늙은 철학자에게 황금빛 불사약을 한 잔 바치는 데서 시

---

[1] 사마천의 『사기』 「열전」 권3에 〈노자·한비열전(老子韓非列傳)〉이 있는데, 거기에 함곡관(函谷關)의 관문 책임자로 윤희(尹喜)라는 이가 나온다. 그 윤희를 가리켜 관윤이라 부른다. 노자가 『도덕경』을 지어서 건네준 이가 바로 윤희다. 이 윤희는 후대에 도교에서 진인(眞人)으로 떠받들어졌다.

작되었다고 쓰여 있다. 그런 이야기가 진실인지 허구인지, 이 이야기가 도가에 의해 그 음료가 최초로 사용되었다는 것을 확증할 만한 것인지를 논하는 것은 접어두자. 여기서 도교와 선에 대한 우리의 관심은 주로 우리가 다도라고 부르는 것 속에 그토록 내재해 있는 삶과 예술에 대한 관념에 있다.

몇 번의 갸륵한 시도가 있기는 했지만, 그래도 유감스러운 것은 도교와 선의 교의에 대해서는 어떠한 외국어로도 적절하게 표현할 수 없을 것 같다는 점이다.

번역은 언제나 반역이어서, 명나라 문인이 관찰한 바대로 기껏해야 비단의 뒷면만 드러낼 수 있을 뿐이다. 날줄과 씨줄 그 모든 실이 거기에 있지만, 색감과 의장의 그 미묘함은 없다. 그러나 결국, 쉽게 설명될 수 있는 위대한 교의가 있는가? 고대 성인들은 논리 정연한 형태로 가르침을 베푼 적이 없다. 역설로 말하였다. 왜냐하면 진리를 반쯤만 말하게 될까 염려스러웠기 때문이다. 그들은 어리석은 사람들처럼 이야기를 시작하였으나, 듣는 자가 지혜로워지도록 만들면서 끝맺었다. 노자 자신이 익살스럽게 이런 말을 하였다.

"하치들은 도를 들으면 크게 웃는다. 그런데 그들이 웃지 않으면 도가 아니다."[2]

---

2 『도덕경』 41장에 나온다. 원문을 제시하면 다음과 같다. "뛰어난 자들은 도를 들으면 애

도란 문자 그대로 길을 뜻한다. 길, 절대, 법, 자연, 궁극의 이치, 방법 등과 같이 여러 가지로 번역되어왔다. 이런 번역은 틀린 것은 아니다. 도가에서 그 용어를 쓸 때에는 물음의 주제에 따라 달라졌기 때문이다. 노자는 스스로 이렇게 말하였다. "모든 것을 껴안은 것이 있는데, 그것은 하늘과 땅이 생겨나기 전에 있었다. 얼마나 고요하고, 얼마나 쓸쓸한가! 홀로 있으면서 변하지도 않는다. 어디를 다녀도 위태롭지 않으니, 우주의 어미로다. 그 이름을 몰라서 도라 부르네. 굳이 부른다면, 무한이라 하리라. 무한은 흘러가고, 흘러가는 건 사라지고, 사라지는 건 되돌아간다네."[3]

　도는 길이라기보다는 통로다. 그것은 우주적 변화의 원기元氣다. 새로운 형태를 낳으려고 자신에게 되돌아가는 영원한 성장이다. 도가들이 가장 즐겨 쓰는 상징인 용, 그 용처럼 자신을 되감는다. 구름처럼 모였다가 흩어진다. 도란 위대한 변천이라 말할 수 있으리라. 주관적으로 보자면, 그것은 우주의 기분이요, 그 절대성은 곧 상대성이다.

써 행하려 하고, 중치들은 도를 들으면 긴가민가하고, 하치들은 도를 들으면 크게 웃는다. 그런데 그들이 웃지 않으면 도라고 할 수 없다.(上士聞道, 勤而行之, 中士聞道, 若存若亡, 下士聞道, 大笑之. 不笑, 不足以爲道.)"

3　『도덕경』 25장에 나온다. 원문은 다음과 같다. "有物混成, 先天地生. 寂兮, 寥兮! 獨立不改. 周行而不殆, 可以爲天下母. 吾不知其名, 字之曰道. 强爲之名曰大. 大曰逝, 逝曰遠, 遠曰反."

맨 먼저 기억해야 할 것은, 그 적통자인 선과 같이 도교는 남부 중국인의 개인적 성향이 강한 정신을 드러낸다는 점이다. 이는 유교를 통해 표현된 북부 중국의 공동체적 성향과는 상반된다. 중국은 유럽만큼이나 넓고, 그것을 가로지르고 있는 두 개의 거대한 강줄기에 의해 구분되는 고유한 특질을 가지고 있다. 양쯔 강과 황하는 각기 지중해와 발트해에 해당한다. 통일 속에서 여러 세기를 거친 오늘날에도 남부 중국은 그 사상과 신앙에서 북부의 형제들과는 차이를 보이고 있다. 마치 남부의 라틴족이 북부의 튜턴족과 다른 것처럼. 고대에는 현재보다 소통이 훨씬 어려웠고, 특히 중세에는 사상의 차이가 가장 뚜렷하게 나타났다. 한쪽의 예술과 시는 다른 쪽과는 아주 다른 기운을 내뿜는다. 노자와 그 신봉자들, 양쯔 강 자연 시인들의 원조인 굴원屈原[4]에게서 우리는 그들의 이상이 당시 북부 작가들의 산문적 도덕관념과는 거의 일치하지 않는다는 것을 발견하게 된다. 노자는 기원전 5세기에 살았다.

---

4 굴원(屈原, B.C. 343~285) : 전국시대 초(楚)나라 사람으로, 중국 최초의 위대한 시인으로 일컬어진다. 견문이 넓고 기억력이 뛰어나 정치에 밝았으며 외교문서 작성에도 뛰어났다. 왕의 두터운 신임을 얻었으나, 참소를 받아 쫓겨났다. 강남(江南)을 떠돌면서 민중과 가까워졌으나, 어두운 현실과 초나라를 염려하고 초왕을 근심하면서 많은 시들을 썼다. 결국 진나라 군대가 초나라를 공격하여 수도를 함락시키자 원통함과 절망으로 멱라강(汨羅江)에 투신하여 죽었다. 「이소(離騷)」는 그의 대표작으로, 중국 고전문학 가운데 가장 탁월한 서정시로 꼽힌다.

도가 사상의 싹은 '긴 귀'라는 별명을 가진 노자가 출현하기 훨씬 전에 있었다. 중국 고대의 기록들, 특히 『역경易經』은 그 사상의 전조다. 그러나 기원전 16세기 주周 왕조의 창업과 함께 최고조에 이른 중국 문명은 고전 시대의 법률과 풍습을 지극히 존중하였기 때문에 오랫동안 개인주의의 발달이 억제되었다. 주 왕조가 해체되고 수많은 제후국이 성립되면서 비로소 자유로운 사상이 화려하게 꽃필 수 있었다. 노자와 장자는 둘 다 남부 사람이었고, 새로운 학파의 위대한 해설자였다. 반면에 수많은 제자들을 거느린 공자는 고대의 관습을 존속시키려고 하였다. 도교는 유가 사상에 대한 지식이 없이는 이해할 수 없으며, 그 반대 또한 마찬가지다.

도가에서 내세우는 절대는 곧 상대라고 하였다. 윤리학에서 도가는 사회의 법률과 도덕적 규범들을 질타하였는데, 그들에게 옳고 그름은 상대적인 가치일 뿐이었기 때문이다. 규정을 짓는 정의는 항상 한정시키기만 한다. 언어는 고정되고 변하지 않으므로 성장의 정지를 표현할 뿐이다. 굴원은 "성인들은 세상과 더불어 간다"[5]라고 말하였다. 우리의 도덕규범은 과거에 사회의 필요에 의해서 생겨난 것일 뿐이다. 그런데 사회는 늘 그대로 남아 있는 것일까?

---

5 원문은 다음과 같다. "성인은 어떤 것에도 매이지 않으면서 세상과 더불어 흘러간다.(聖人不凝滯於物, 而能與世推移.)"(「어부(漁夫)」)

공동체의 전통이 준수되는 것은 공공에 대한 개인의 끊임없는 희생과 관계있다. 대중을 강력하게 현혹시키기 위해 교육은 일종의 무지를 조장한다. 사람들은 진실로 덕 있는 사람이 될 수 있는 가르침을 받는 게 아니라 적당히 행동할 수 있는 정도로만 가르침을 받는다. 우리는 놀랍도록 자의식이 강하기 때문에 삿된 존재가 된다. 우리는 우리 자신이 그릇되다는 것을 알기 때문에 남을 결코 용서하지 않는다. 우리가 양심을 소중하게 여기는 것은 남들에게 진실을 말하는 게 두려워서다. 우리가 자존심에서 위안을 찾는 것은 우리 자신에게 진실을 말하는 게 두려워서다. 세상 돌아가는 게 그토록 우스꽝스러운데, 그런 세상과 어떻게 심각할 수 있겠는가! 물물교환의 정신은 어디에나 있다.

명예와 정숙함! 선善과 진실을 싸게 팔면서 스스로 흡족해 하는 판매원을 보라. 꽃과 음악으로 신성의 옷을 입힌 비속한 도덕, 이른바 종교도 살 수 있다. 교회에서 그 부속물들을 뺏어보라. 그러면 무엇이 남겠는가? 그렇지만 장사꾼의 연합은 믿기 어려울 정도로 번창한다. 천국 가는 표를 얻으려는 기도도, 영예로운 시민증도 그 가격이 터무니없이 싸기 때문이다. 얼른 겸손하게 자신을 감추어라. 왜냐하면 그대의 진정한 유용성이 세상에 알려지면, 곧바로 공중의 경매인이 그대를 최고 입찰가에 팔아넘길 것이기 때문이다. 남자나 여자나 왜 그토록 자신을 광고하려고 난리인가? 노예 시절부터 내려온 일종의 본능은 아닐까?

　도가 사상의 그 억셈은 이어서 일어난 운동들을 좌우한 능력에도 있지만, 동시대 사상을 헤치고 나아간 그 힘에도 있다. 중국의 통일 시기인 진秦 왕조는 우리가 부르는 지나支那(china)라는 이름이 유래된 왕조인데, 그 왕조 동안에 도교는 활발발活潑潑한 힘이었다. 시간이 있다면, 동시대 사상가들, 수학자들, 법가와 병법가들, 신비주의자들과 연금술사들, 훗날 양쯔 강의 자연주의 시인들에게 끼친 도교의 영향력에 주목해보는 것도 아주 흥미로울 것이다. 흰 말은 희기 때문에 실재하는지 단단하기 때문에 실재하는지[6] 그 실재성을 논증한 명가名家들을 간과해서는 안 되고, 선 사상가들처럼 순수와 관념에 관한 논의에 빠져 있었던 육조六朝의 청담가淸談家[7]들도 간과해서는

6　중국 전국시대 명가(名家) 사상가인 공손룡(公孫龍, B.C. 320?~B.C. 250?)의 '백마비마론(白馬非馬論)'과 '견백론(堅白論)'을 가리킨다. '백마비마론'은 시각적으로 흰 것과 전체의 감각에서 얻어지는 말을 두 개의 사물로 분석하면 흰 것과 말이 되는데, 이는 숫자로 말하면 하나 더하기 하나와 같아서 결국 하나가 아니기 때문에 흰 것과 말(흰 말)은 당연히 말이 아닌 게 된다는 논리다. 마찬가지로 '견백론'은 "단단하고 흰 돌은 둘이다"라는 논리다. 즉 단단함은 촉각으로 얻어지고, 희다는 것은 시각으로 얻어지는 것이기 때문에 단단함과 희다는 것은 둘로 나뉜다. 단단함을 인식할 때에 희다는 것은 분리되고, 희다는 것을 인식할 때에 단단함은 분리되므로, 단단하고 흰 돌은 어디까지나 둘이라는 것이다.

7　중국 위진남북조 시대에 난세에 목숨을 부지하기 위해 세속을 벗어나 예절 따위의 속박을 버리고 정치적 비판이나 인물평론을 일삼았던 귀족적 지식인들을 청담가라 한다. 위나라의 하안(何晏)과 왕필(王弼), 서진(西晉)의 왕연(王衍), 악광(樂廣) 등을 비롯해, 완적(阮籍), 산도(山濤), 향수(向秀), 완함(阮咸), 혜강(嵇康), 유령(劉伶), 왕융(王戎) 등 죽림칠현(竹林七賢)이 유명한데, 이들은 노장(老莊) 사상을 철학적 바탕으로 삼았다.

안 된다. 무엇보다 우리는 중국인의 성격, "옥과 같이 따스하다"[8]는 겸양과 고상함을 형성하는 데에 큰 기여를 한 도교에 경의를 표하지 않으면 안 된다.

왕족이나 은자隱者들과 같은 도교의 열렬한 신봉자들이 그들의 교리가 가르치는 대로 따름으로써 다양하고 흥미로운 결과를 가져온 실례가 중국의 역사에는 풍부하다. 그런 이야기에는 그 몫의 가르침과 즐거움이 있으리라. 일화들과 우화들, 금언들도 풍부하리라. 결코 살아본 적이 없으므로 결코 죽어본 적도 없는 저 유쾌한 황제와 기꺼이 얘기를 주고받는 사이가 되고 싶다. 열자列子[9]와 함께 바람을 타고 절대적인 고요함을 찾아낼 수도 있으리라. 우리 자신이 바람이기 때문에. 하늘과 땅 사이에 살았던 황하의 노인과 함께 허공에서 살 수도 있으리라. 노인은 하늘에도 땅에도 속하지 않기 때문에. 오늘날 우리가 중국에서 발견하는, 기괴한 껍데기뿐인 도교에서조차 다른 어떤 종파에서도 찾아볼 수 없는 풍요로운 상상의 원천을 맛볼 수 있다.

그러나 도교가 아시아인의 삶에 기여한 주요한 공적은 미학美學에

---

8 『시경(詩經)』「진풍(秦風)」에 나오는 구절인데, 원문을 제시하면 다음과 같다. "자나 깨나 그대 생각하노니, 따스하기가 옥과 같도다!(言念君子, 溫其如玉!)"
9 열자(列子) : 중국 고대의 사상가로, 이름은 어구(禦寇)다. 정(鄭)나라 출신이며, 도가(道家)의 대표자로 꼽힌다. 노자(老子)의 제자, 또는 관윤자(關尹子)의 제자라고 하며, 혹은 노상자(老商子)의 제자라고도 한다. 이 외에 장자(莊子)의 선배라고 말하기도 하는데 그 사적은 불분명하다. 현재 전하는 『열자(列子)』의 주인공이다.

있다. 중국의 역사가들은 언제나 도교를 처세술이라고 말하는데, 이는 도교가 현재, 곧 우리 자신을 다루고 있기 때문이다. 바로 우리 속에서 신과 자연은 만나고, 어제와 내일은 결별한다. 현재는 움직이는 무한無限이요, 상대적인 것들이 정당하게 활동하는 영역이다. 상대성은 조율을 추구하는데, 조율은 예술이다. 삶의 예술은 주변 환경과 끊임없이 조율하고 또 조율하는 데에 있다. 도교는 세속을 있는 그대로 받아들이며, 괴로움과 걱정으로 가득한 세상 속에서 아름다움을 찾으려고 한다. 이것이 유가나 불가와는 다르다. '식초를 맛보는 세 사람'에 대한 송대 우화는 그 세 교리의 경향을 훌륭하게 설명해준다. 어느 날, 석가모니와 공자와 노자가 인생의 표징인 식초 단지 앞에 서서 각자 손가락을 담가 그 맛을 보았다. 공자는 시다고 말했고, 붓다는 쓰다고 말했고, 노자는 달다고 말했다.

누구나 통일성을 유지한다면[10] 인생이라는 희극을 훨씬 더 재미있는 것으로 만들 수 있다고 도가는 주장한다. 사물의 균형을 유지하

---

10 서양 고전극에서 중시되는 법칙인 '삼단일(三單一)의 법칙'을 가리킨다. 희곡은 24시간 이내에 한 장소에서 일어나는 하나의 줄거리로 된 이야기를 다루어야 한다는 규칙이다. 말하자면, 등장인물의 행동이나 희곡 전체의 움직임이 일정한 궤도에서 벗어나지 않아야 한다는 것이다. 르네상스 시대의 이탈리아나 프랑스의 연극학자가 아리스토텔레스 『시학(詩學)』의 한 구절을 곡해한 것이지만, 특히 프랑스에서 부알로(Nicolas Boileau-Despréaux, 1636~1711)에 의하여 법칙화되어 프랑스 고전주의 연극의 구성 원리로서 코르네이유(Pierre Corneille, 1606~1684), 라신느(Jean Racine, 1639~1699), 몰리에르(Molière, 1622~1673) 등에게 큰 영향을 주었다.

고, 자신의 자리를 잃지 않으면서 남에게 양보하는 것이 세속적인 연극에서 성공하는 비결이다. 우리는 우리의 역할을 적절하게 해내기 위해서 극 전체를 알아야 한다. 개인을 생각하느라 전체를 놓쳐서는 안 된다. 노자는 이를 자신이 즐겨 쓰는 '텅빔[虛]'이라는 은유로써 설명한다. 진실로 본질적인 것은 '텅빔' 속에만 있다고 주장한다. 예를 들면, 방이라는 실재는 지붕과 벽으로 둘러싸인 텅 빈 공간 속에서 발견되는 것이지, 지붕이나 벽 자체에 있는 것이 아니다. 물주전자의 쓰임은 물을 담을 수 있는 그 '비어 있음'에 있지, 물주전자의 형태나 그것을 구성하는 물질에 있는 게 아니다. 텅빔은 모든 것을 품고 있는 완전한 가능태다. 텅빔 속에서만 운동은 가능하다. 다른 사람들이 자유롭게 드나들 수 있도록 그 자신을 텅빔으로 만들 수 있는 사람이라면 어떤 상황에서나 주인이 될 것이다. 전체는 항상 부분을 좌우할 수 있다.

이런 도가의 사유는 우리의 모든 행위 이론, 검술과 씨름의 이론에까지 큰 영향을 끼쳤다. 일본의 기술인 유술柔術은 자기 방어를 위한 것인데, 그 이름은 『도덕경』의 한 구절에서 왔다. 유술에서는 무저항無抵抗, 곧 텅빔으로 상대의 힘을 끌어내어 소진시키면서 자신의 힘은 마지막 싸움에서 승리하기 위해 갈무리한다. 예술에서도 같은 원리의 중요성이 암시의 가치를 통해 입증된다. 무언가를 말하지 않은 채로 두면, 보는 사람에게는 그 생각을 완성할 기회가 주어진다. 그리하여 위대한 작품은 그대가 실제로 그 일부가 되었다는 느낌이 들때까지 그대의 주의를 붙들어두고 꼼짝 못하게 한다. 거기에서 텅빔은 보는 자가 들어와서 그 자신의 심미적 감성으로 완전히 채울 때까지 기다린다.

스스로 삶의 예술을 완전히 터득한 대가를 도가에서는 진인眞人이라 한다. 그는 태어날 때에 꿈의 세계로 들어갔다가, 깨어나서 현실로 돌아갈 때에만 죽는다. 그는 남들의 몽매함으로 자신을 녹아들게 하려고 자신의 총명을 조율한다. 그는, "겨울에 살얼음을 건너가듯 머뭇거리고, 이웃을 두려워하는 듯이 주춤거리고, 손님처럼 어려워하고, 막 녹으려는 얼음처럼 떨고, 다듬지 않은 통나무처럼 소박하고, 골짜기처럼 텅 비고, 흙탕물처럼 모호하다."[11] 그의 삶에서 보배가 되는 세 가지는 자애, 검약, 겸손이다.

이제 우리의 주의를 선으로 돌리면, 그것은 도교의 가르침을 더 강조한 것일 뿐임을 알게 된다. 선이라는 이름은 산스크리트 디야나 dhyana에서 왔으며, 명상을 의미한다. 거룩한 명상은 완전한 깨달음을 가져다준다고 한다. 명상은 육바라밀의 하나인 선정禪定이며, 그것을 통해 붓다가 될 수 있다. 선종에서는 주장하기를, 석가모니는 말년의 가르침에서 이 방법을 특히 강조하였으며, 그의 수제자 가섭

---

11 『도덕경』 15장에 나오는데, 원문은 다음과 같다. "豫焉若冬涉川, 猶兮若畏四隣, 儼兮其若客, 渙兮若冰之將釋, 敦兮其若樸, 曠兮其若谷, 混兮其若濁.)"

迦葉에게 이 법칙을 전하였다고 한다. 선의 전통에 따르면, 선의 개조開祖인 가섭은 그 심오한 법을 아난에게 전하였고, 아난에서부터 그 다음의 조사들에게 차례로 전해져서 28대 조사인 보리달마菩提達磨에까지 이르렀다. 보리달마는 6세기 초엽에 북중국으로 와서 중국 선의 초조初祖가 되었다. 이들 조사들과 그들의 교리에 대한 역사는 상당히 불확실하다. 철학적인 면에서 초기의 선은, 한편으로는 인도 나가르주나龍樹[12]의 부정론不定論에, 다른 한편으로는 상카라[13]가 체계화한 지혜jnana와 밀접한 연관이 있다.

오늘날 우리가 아는 대로, 선에 대한 최초의 가르침은 남종선―남중국에서 위세를 떨쳤던 사실에서 그리 부른다―의 개창자인 육조혜능慧能[14]에게서 나왔다. 그의 뒤를 위대한 마조馬祖[15]가 이었는데,

---

12 나가르주나(龍樹) : 기원전 2~3세기에 활동한 남인도 출신의 불교학자. 당시 인도의 여러 사상을 배운 뒤, 북인도로 가서 불교 특히 대승불교사상에 통효(通曉)하여 그 기초이론을 형성하고, 만년에는 고향으로 돌아갔다. 저서에 『중론(中論)』, 『회쟁론(廻諍論)』, 『대지도론(大智度論)』, 『십주비바사론(十住毘婆沙論)』 등이 있다.

13 상카라(Sankara, 700?~750?) : 인도 철학의 주류인 베단타학파를 창시한 사람이다. 우파니샤드의 범아일여(梵我一如) 사상에 입각하여 우주의 근본원리인 브라만은 개인의 본체인 아트만과 완전히 동일하다는 '불이일원론(不二一元論)'을 내세웠다.

14 혜능(慧能, 637~713) : 당나라 승려로, 광동성(廣東省) 출신이다. 속성은 노(盧)씨. 선종(禪宗)의 제6조로 남종(南宗)을 열었다. 어려서 아버지를 여의고 집이 가난하여 나무를 팔아 어머니를 봉양하였는데, 어느 날 장터에서 『금강경(金剛經)』 읽는 것을 듣고 출가할 뜻을 세워 선종의 제5조인 홍인(弘忍)의 문하에 들어갔다. 8개월 동안 행자 노릇을 한 뒤, "보리는 본래 나무가 아니요, 밝은 거울 또한 경대가 아니네. 본래 아무 것도 없는데, 어디에 티끌이 있으리오?(菩提本無樹, 明鏡亦非台. 本來無一物, 何處惹塵埃?)"라는 게송을 지어 이치를 터득하였음을 보이자, 홍인이 그에게 의발을 전수하였다고 한다. 그의 어록

마조는 중국인의 삶에 활발발한 기운을 불어넣었다. 마조의 제자인 백장百丈[16]은 최초로 선원禪苑을 세웠고, 그 관리를 위해 일상적 규범과 규칙, 곧 청규淸規를 제정하였다. 마조 이후의 선종에는 양쯔 강의 심성이 작용하여 이전 인도의 이상주의와는 대비가 되는 토착적인 사유 방식이 더욱더 강하게 드러났다. 그렇지 않다고 주장하는 종파성이 강한 사람이라도 남종선이 노자나 청담가들의 가르침과 참으로 유사하다는 데에 깊은 인상을 받지 않을 수 없다. 『도덕경』에 이미 자아에 대한 집중, 호흡을 적절하게 조율할 필요성이 암시되어 있는데, 이는 참선 수행의 핵심적 요소다. 노자의 『도덕경』에 대한 최고의 주석서는 바로 선종 학자들에 의해 쓰여졌다.

도교와 같이 선종은 상대성을 중시한다. 어떤 선사는 남쪽 하늘에

인 『육조단경(六祖壇經)』은 선종의 종지를 담아낸 것으로 경전의 반열에까지 올랐다.

15 마조도일(馬祖道一, 709~788)을 가리킨다. 당나라 때의 선승이다. 혜능의 제자인 남악회양(南嶽懷讓)을 찾아가서 법을 배웠다. 어느 날, 마조가 좌선을 하고 있었는데, 남악이 그 곁에서 벽돌을 갈았다. 벽돌을 가는 소리에 마조가 어리둥절해하며 물었다. "그걸로 무얼 하십니까?" 그러자 남악은, "거울을 만들려고 그래"라고 대답하였다. 놀란 마조가 "벽돌을 갈아 거울을 만든다니요?"라고 반문하자, 남악이 "그렇다면 좌선으로 부처가 되겠느냐?"라고 말하였다. "그러면 어떻게 해야 합니까?"라고 마조가 묻자, 남악은 "소가 끄는 수레를 예로 들자. 수레가 움직이지 않으면, 너는 수레를 때리겠느냐 소를 때리겠느냐?"라고 말하였다. 마조는 이 문답 이후로 깨닫는 바가 있었다고 한다. 마조의 가풍은 '즉심시불(卽心是佛; 이 마음이 곧 부처다)'에 다 드러나 있다.

16 백장회해(百丈懷海, 749~814)를 가리킨다. 마조도일의 가르침을 받고 인가를 받았다. 백장산에 머물면서 선풍을 크게 진작시켰다. 그는 선원의 규범을 세웠는데, 그것이 『백장청규(百丈淸規)』이다. 지금은 서문만 전하지만, 그것은 당시 갓 등장한 선원에서의 생활을 확립하는 토대가 되었다.

서 북극성을 깨닫는 것이 선이라고 정의하였다. 상대적인 것들을 완벽하게 이해함으로써만 진리에 도달할 수 있다. 다시 말하면, 도교와 같이 선종은 개인주의를 강력하게 주장한다. 우리 자신의 마음이 작용하는 것 외에는 아무 것도 실재하지 않는다.

한때, 육조 혜능은 바람 속에서 펄럭이는 깃발을 두고 논쟁을 벌이는 두 승려를 보았다. 한 승려는,

"움직이는 것은 바람이라네"

라고 주장하였고, 다른 승려는,

"움직이는 건 깃발이야"

라고 주장하였다. 이에 혜능은 그들에게,

"참으로 움직이는 것은 바람도 아니고 깃발도 아니오. 움직이는 건 오로지 그대들 마음속에 있는 것이오."

라고 설명해 주었다.[17]

백장이 한 제자와 숲속을 걷고 있을 때, 토끼가 그들 앞을 껑충 뛰며 달려갔다. 백장이 물었다.

"왜 토끼가 자네에게서 달아나는가?"

---

17 원문은 다음과 같다. "六祖因風颺刹幡, 有二僧對論. 一云, '幡動,' 一云, '風動.' 往復曾未契理. 祖云, '不是風動, 不是幡動. 仁者心動.'"(『무문관(無門關)』)

제자가 대답하였다.

"저를 두려워해서입니다."

백장이 말하였다.

"아니네! 자네에게 살생하려는 기운이 있었기 때문이네."

이 문답은 도가의 장자를 떠올리게 한다.

어느 날, 장자는 벗과 함께 강둑을 거닐고 있었다. 장자가 소리 쳤다.

"아. 물고기들이 물속에서 얼마나 즐겁게 놀고 있는가!"

그러자 벗이 말하였다.

"그대는 물고기가 아니거늘, 어떻게 물고기가 즐겁게 노닌다는 걸 알 수 있는가?"

이에 장자가 되물었다.

"그대는 내가 아니거늘, 물고기가 즐겁게 노니는 걸 내가 모르는 지 어찌 아는가?"[18]

도교가 유교에 대항하는 것처럼 선도 종종 정통 불교의 가르침에

---

18 『장자(莊子)』 「추수(秋水)」편에 나온다. 문답은 장자와 혜시(惠施)가 주고받은 것이다.
"莊子與惠子遊於濠梁之上. 莊子曰, '儵魚出遊從容, 是魚之樂也.' 惠子曰, '子非魚, 安知
魚之樂?' 莊子曰, '子非我, 安知我不知魚之樂?'"

대항한다. 선의 직관적 통찰을 갖춤에 있어 언어는 사고에 방해가 될 뿐이다. 모든 불교 경전은 개인의 성찰에 대한 주석일 뿐이다. 선 수행자들은 곧바로 사물의 본성과 마주치는 것을 목적으로 하며, 바깥 대상은 진리를 명료하게 인식하는 것을 막는 장애로 간주한다. 불교의 고전적 종파가 공을 들여서 그린 채색화보다 검은색과 흰색으로만 소박하게 표현되는 묵화墨畵를 더 선호하는 쪽으로 선을 이끈 것은 바로 이 추상에 대한 사랑이다. 어떤 선사는 심지어 우상파괴주의자가 되었는데, 이는 불상佛像이나 상징을 통하지 않고 자신 속의 붓다를 곧바로 인지하려는 노력의 결과였다.

어느 추운 겨울날, 단하丹霞[19] 화상은 불을 쬐려고 나무로 만든 불상을 부수었다. 소스라치게 놀란 주지가 소리쳤다.

"어찌 붓다를 모독하시오?"

화상은 태연하게 대답하였다.

---

19 단하천연(丹霞天然, 739~824)을 가리킨다. 당대의 선승으로, 단하는 그가 머물렀던 산 이름이다. 일찍이 유학을 배우고 과거에 응시하기 위해 장안(長安)으로 가던 중, 한 선승으로부터 관리가 되기 위한 과거보다는 부처가 되기 위한 과거가 훌륭하다는 얘기를 듣고, 마조 도일을 찾아갔다. 그 후 석두 회천의 문하에서 3년 동안 공부하였다. 그 후 다시 마조 문하에 이르러 수행하던 어느 날, 법당에 들어가 성상(聖像)의 목에 걸터앉았다. 대중이 크게 놀라 이를 마조에게 알렸다. 마조가 법당에 들어가서 보고는 "천연(天然)하도다!"라고 말하자, 바로 내려와 예배드리며 "스님께서 주신 법호, 감사합니다"라고 말했다. 이로부터 천연이라 일컬어졌다.

"불상을 태워 사리를 얻으려고 그러오."

화난 주지가,

"뭐요? 이 불상에서는 사리를 얻을 수 없소"

라고 말하자, 단하가 말하였다.

"사리를 얻지 못한다면 이건 분명 붓다가 아닐 거요. 그러면 붓다를 모독하는 것도 아닐 거요."

그리고는 그것을 때서 몸을 따뜻하게 하였다.[20]

동양사상에 대한 선의 특별한 공헌은 비속한 것을 숭고한 것과 똑같이 중요한 것으로 인식한 것이다. 사물들의 지극한 관계 속에서는 작고 큰 것의 구별이 없고, 하나의 원자가 우주와 똑같은 가능성을 갖고 있다고 한다. 완전함을 추구하는 사람은 반드시 그 자신의 일상 속에서 본래면목本來面目[21]이라는 빛을 발견하여야 한다. 선원의 조직은 바로 이런 점에서 매우 의미심장하다. 큰스님을 제외한 모든 구성원에게는 선원을 돌보기 위해 특별한 일들이 배정되었다. 매우 흥미롭게도 초심자에게는 훨씬 가벼운 일이 주어졌고, 존경받고 법랍이

---

20 『경덕전등록(景德傳燈錄)』 권14에 다음과 같이 나온다. "遇天大寒, 師取木佛焚之. 人或譏之, 師曰, '吾燒取舍利.' 人曰, '木頭何有? 師曰, '若爾者, 何責我乎?'"

21 본래면목(本來面目)은 선가(禪家)에서 쓰는 용어로, 사람이 본래부터 갖추고 있는 진실한 모습 또는 참된 성품을 뜻한다. 본분사(本分事) 또는 본지풍광(本地風光)이라고도 한다. 이것을 그대로 들여다보는 것이 바로 깨달음이라고 한다.

높은 스님에게는 더 귀찮고 하찮은 임무가 주어졌다. 그런 봉사는 선 수행의 일부가 되었고, 모든 일상적인 행위는 지극히 완전하게 행해 져야만 했다. 그리하여 뜰의 풀을 뽑거나 무 껍질을 벗기거나 차를 마 시는 동안에도 중요한 문답들이 수없이 오고갔다. 다도에서 추구하 는 이상은 일상의 하찮은 것들 속에 위대함이 있다고 하는 이런 선사 상에서 온 것이다. 도교는 미학적 이상의 토대를 마련해주었고, 선사 상은 그것을 실질적인 것으로 만들어주었다.

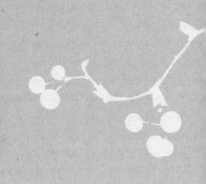

넷째 마당 ●

다
실

넷째
마당

●

다실

돌과 벽돌로 건축하는 전통 속에서 자라난 유럽 건축가들에게 나무와 대나무로 짓는 일본식 건축은 건축으로서는 거의 가치가 없는 것으로 보일 수 있다. 최근에 이르러서야 어떤 유능한 서양 건축 연구가가 우리의 대사찰이 놀라우리만치 완벽하다는 걸 알아보고 찬사를 보낸 일이 있다. 우리의 최고 건축에 대해서도 그런 실정이니 서양의 것과는 완전히 다른 다실의 그 미묘한 아름다움이나 건축 원리, 장식 등의 가치를 외국인이 알아보기는 거의 어렵다.

다실(스키야)은 단순한 작은 초옥草屋이며 그 이상이라고 으스대지 않는다. 우리는 그것을 짚으로 만든 오두막이라 부른다. 표의문자로서 스키야數寄屋[1]는 원래 '애호가의 집' 이라는 뜻이다. 훗날에 허다

한 차의 장인들이 다실에 대한 자신의 개념에 따라서 여러 가지 한자로 바꾸어 씀으로써 스키야라는 말은 '텅빈 집' 혹은 '불균형의 집' 등을 뜻하기도 하였다. 시적 욕구를 머물게 하려고 임시로 지은 공간인 한에는 '애호가의 집'이다. 그 순간의 심미적 감성을 채워줄 만한 것을 놓아두는 것 외에 다른 어떠한 장식도 없다는 점에서는 '텅빈 집'이다. 무언가를 일부러 끝내지 않은 채로 남겨둠으로써 상상력으로 완전하게 할 수 있도록 해두는, 불완전에 대한 외경심에서 볼 때에는 '불균형의 집'이다. 다도의 이상은 16세기 이후로 우리 건축에 상당한 영향을 끼쳤고, 그 덕분에 오늘날 평범한 일본 가옥의 내부 장식도 극도로 단순해지고 간결해졌는데, 그것이 대부분의 외국인들에게는 초라해 보인다.

독립된 다실을 최초로 만들어낸 이는 센노소에키千宗易[2]다. 후에 리큐우利休라는 이름으로 널리 알려진, 가장 위대한 차인이다. 16세

---

1 스키야(數寄屋)는 지금은 다실과 같은 의미로 쓰이지만, 본래는 다실풍의 건물을 가리키는 말이었다. 스키는 풍류, 특히 다도나 와카(和歌) 따위를 즐기는 것을 뜻하였으니, 스키야는 바로 그런 풍류를 즐길 수 있도록 꾸민 방을 의미하는 말이었음을 알 수 있다.

2 센노소에키(千宗易, 1522~1591) : 센노리큐우(千利休)로 널리 알려져 있는 차인이다. 사카이(堺) 출신으로, 죠오오오(紹鷗)에게서 차를 배웠고, 다이토쿠지(大德寺)의 소오토오(宗套)·코케이(古溪) 등에게서 선을 배웠다. 사도오(茶頭)로서 오다 노부나가(織田信長)를 섬겼고, 나중에는 토요토미 히데요시(豊臣秀吉)의 차 선생으로서 다도계를 이끌었다. 그러나 명확하지 않은 이유로 말미암아 히데요시로부터 할복을 명령받고 죽었다. 그에게서 일본 챠노유우가 대성되었는데, 초암(草庵)의 다실에서 자연과 일체가 되는 간결하고 소박한 미를 창조하고 또 정신의 깊이를 추구한 것으로 알려져 있다.

기에 그는 태합太閤[3] 히데요시秀吉의 후원 아래 다법의 형식을 가장 완정한 상태로 끌어올렸다. 다실의 넓이는 15세기 유명한 차인 타케노 죠오오오武野紹鷗[4]에 의해서 진작 정해졌다.[5] 초기의 다실은 다회茶會를 위해 응접실의 일부를 병풍으로 막아서 칸막이한 것으로 되어 있었다. 이렇게 칸막이 한 것을 카코이圍い라고 하였는데, 집 안에 지어 독립되어 있지 않은 다실에는 이 말이 여전히 쓰이고 있다.

스키야는 "그레이스 여신보다는 많고 뮤즈의 여신보다는 적다"[6]는 말을 생각나게 하는 다섯 명 정도만 들어갈 수 있도록 설계된 본채, 차 도구들을 들이기 전에 씻고 정돈하는 곁방 격인 미즈야水屋, 다실에 들어오시라는 부름을 받을 때까지 손님들이 기다리는 마치아이待合, 다실과 마치아이를 잇는 뜰의 노지露地 등으로 이루어져 있다.

---

3 태합(太閤, 타이코오) : 헤이안(平安) 시대에는 섭정(攝政)·태정대신(太政大臣)의 경칭. 후에는 관백(關白)을 사양하고 그 자리를 자식에게 물려준 자를 가리켰다. 토요토미 히데요시가 대표적인 인물이다. 그래서 그냥 태합이라고 하면 대개 히데요시를 가리킨다.

4 타케노 죠오오오(武野紹鷗, 1502~1555) : 센고쿠(戰國) 시대의 차인으로 본래는 사카이의 상인이었다. 사카이에서 챠노유우를 널리 편 사람이다. 죠오오오는 가도(歌道)와 렌가(連歌)에도 조예가 깊었다. 차는 무라다 쥬코오(村田珠光, 1422~1502)의 문하생에게서 배웠는데, 와카를 통해 다도의 지극한 경지를 터득하였다. 다다미 두 장짜리 또는 석 장짜리 다실, 대나무 차통과 찻숟가락을 창안하여 그때까지의 챠노유우에 일대 변화를 가져왔다고 한다.

5 이는 저자가 잘못 안 것이다. 죠오오오는 16세기 차인이며, 또 스키야라는 다실을 최초로 창안한 사람은 15세기의 차인인 무라다 쥬코오(村田珠光, 1422~1502)다.

6 그레이스 여신은 아름다움·우아함·기쁨을 상징하는 세 자매의 여신을 가리키고, 뮤즈의 여신은 학예·시가·음악·무용 등을 관장하는 아홉 여신을 가리킨다.

다실은 겉으로 볼 때에는 별 다른 게 없다. 일본의 가장 작은 집보다도 작다. 반면, 그것을 짓기 위해 사용된 재료들은 맑은 가난[淸貧]을 떠오르게 한다. 그럼에도 우리는 이 모든 것이 심오한 예술적 통찰의 결과라는 것, 웅장한 궁전이나 사원을 지을 때보다도 더 세심한 주의를 세세한 부분에까지 기울였다는 점을 기억해야 한다. 좋은 다실은 보통의 저택보다 더 비용이 많이 든다. 왜냐하면 장인뿐만 아니라 재료의 선택에도 상당한 주의와 꼼꼼함이 필요하기 때문이다. 사실 뛰어난 차인에게 고용된 목수들은 장인들 가운데서도 독특하고도 높은 명성을 얻고 있는 부류에 속한다. 그들의 작업은 칠기가구의 장인들에 못지않게 세밀하다.

다실은 서양의 어떤 건축과도 다를 뿐 아니라 일본 자체의 고대 건축과도 사뭇 달랐다. 일본 고대의 웅장한 건물들은 세속적이거나 종교적이거나 간에 그 크기에 관한 한 결코 얕볼 수 없는 것이었다. 몇 세기 동안 있었던 참혹한 대화재 속에서도 살아남은 몇몇 건물은 그 웅장함과 훌륭한 장식으로 여전히 우리를 위압하고 있다. 지름이 두세 자, 높이는 서른이나 마흔 자에 달하는 거대한 나무기둥은 복잡한 조직의 받침대로써 지탱하고 있고, 어마어마하게 큰 들보는 비스듬히 덮힌 기와지붕의 무게 아래서 신음하고 있다. 건축 재료와 공법은 불에는 약하지만 지진에는 강하다는 것이 입증되었고, 이 나라의 기후 조건에도 잘 어울리는 것이었다. 호오류우지法隆寺[7]의 금당金堂[8]

과 야쿠시지藥師寺의 탑은 우리의 목조 건축이 얼마나 대단한 내구성을 지니고 있는지를 잘 보여주는 대표적인 예다. 이런 건축물들은 거의 12세기 동안 손상되지 않고 끄떡없이 서 있었다. 오래된 사찰과 궁궐의 내부는 아낌없이 돈을 들여서 장식된 것이다. 10세기에 건립된 우지宇治의 호오오오도鳳凰堂[9]에서는 옛 벽화와 벽화조각뿐만 아니라, 갖가지 거울과 자개를 박아 넣어 정교하게 금박을 입힌 단집을 지금도 볼 수 있다. 그 후에 지은 닛코오日光와 교토의 니죠오성二條城[10]에서는 색채나 정교한 세공에서 아라비아나 무어식[11]의 호화찬란함에 필적하는 장식의 풍부성으로 인해 건축의 아름다움이 희생되고

---

7 호오류우지(法隆寺) : 7세기 전반에 창건된 사찰로, 나라현(奈良縣)에 있다. 쇼오토쿠(聖德) 태자가 건립한 것으로 전한다. 이 사찰의 금당(金堂)과 탑, 중문(中門)은 세계에서 가장 오래된 목조 건물로 알려져 있다. 이 건물은 1993년에 일본에서 최초로 세계유산으로 등록되었다.

8 야쿠시지(藥師寺) : 680년에 텐무(天武) 천황이 황후의 병이 낫기를 빌면서 후지와라쿄오(藤原京)에 세웠던 사찰이다. 헤이죠오(平城) 천도와 함께 헤이죠오쿄오로 옮겨졌다. 조영은 808년까지 계속되었다. 가람은 금당, 강당, 동서의 두 탑, 삼면의 승방, 회랑 등으로 이루어져 있다. 나라(奈良) 시대 이후 수많은 보물이 있다.

9 뵤오도오인(平等院) 호오오오도(鳳凰堂)로도 알려져 있는데, 1053년에 완성되었다. 세 칸짜리 아미타당(阿彌陀堂)으로 익랑(翼廊)과 미랑(尾廊)이 붙어 있는 독특한 형태를 취하고 있다. 내벽의 내영도(來迎圖), 운중공양보살상(雲中供養菩薩像), 본존아미타여래상(本尊阿彌陀如來像)은 모두 정토 계통 예술 가운데 수작으로 꼽힌다.

10 니죠오성(二條城) : 1603년 토쿠가와 이에야스(德川家康)가 권력 수립의 과정에서 창건한 것이다.

11 마그레브Maghreb로 알려져 있는 아프리카 북서부와 스페인 지역에서 발달한 이슬람 예술과 건축 양식을 가리킨다. 1230년부터 1354년 사이에 지어진 스페인의 알함브라 궁전이 대표적이다.

있는 것도 볼 수 있다.

　다실의 간소함과 청정함은 선원禪院에 대한 경쟁에서 비롯되었다. 선원은 다른 불교의 종파와는 달라서 단지 승려들이 머무는 곳을 의미할 뿐이다. 법당은 예불이나 참배객을 위한 공간이 아니고 수행자들이 참선과 토론을 위해 모이는 도량이다. 그 방은 중앙에 벽감壁龕이 있을 뿐, 다른 건 아무 것도 없다. 벽감은 불단 뒤에 있는데, 거기에는 선종의 개조를 그린 달마상이나 초기의 조사인 가섭과 아난을 거느린 석가모니의 상만 있다. 불단에는 이 성자들이 선에 기여한 위대한 업적을 기리기 위해 꽃과 향이 바쳐져 있다. 선승들이 달마상 앞에서 한 사발의 차를 차례로 돌아가며 마시는 의식이 다례의 토대가 되었다는 것은 이미 말하였다. 여기서 한 가지 더 언급할 것은 선원의 불단이 토코노마─일본의 방 안에 있는, 손님들의 덕성 함양을 위해 그림과 꽃을 두는 숭고한 공간─의 원형이라는 점이다.

　우리의 모든 위대한 차인들은 선 수행자였으며, 선의 정신을 일상적 삶 속으로 끌어들이려고 노력하였다. 따라서 다례에서 사용되는 다른 도구들처럼 이 방도 선사상을 많이 반영하고 있다. 일반적인 다실의 크기는 다다미 넉 장 반, 즉 사방 열 자 정도이며, 이는 『유마경維摩經』의 한 구절에 의해서 결정되었다. 그 흥미로운 경전 속에, 유마가 문수보살과 8만 4천 명의 붓다 제자들을 이만한 크기의 방으로 맞아들였다는 대목이 나온다.[12] 이는 참으로 깨달은 이에게는 공간이

78

존재하지 않는다는 이론에 바탕을 둔 비유다.

또 마치아이에서 다실로 이어진 뜰의 길, 즉 노지露地는 명상의 첫
번째 단계인 '자기를 비추는 길'을 나타낸다. 노지는 바깥 세계와 맺
고 있던 관계를 끊고, 다실 그 속에서 온전한 미적 즐거움을 누릴 수
있도록 신선한 느낌을 갖게 해준다. 뜰에 있는 이 길을 밟아본 사람
은 그의 정신이 평상시에 지니고 있던 생각을 얼마나 고양시키는지
를 결코 잊지 못할 것이다. 그 밑에는 마른 솔잎이 깔려 있는 상록수
의 어슴푸레한 빛 속에서 불규칙한 채로 고르게 나란히 놓여 있는 섬

---

12 『유마경』에 나오는 이 이야기를 대략 소개하면 다음과 같다. "유마가 비야리성에서 병으
로 누워 있을 때다. 부처님은 여러 성문(聲聞)들에게 문병을 가도록 이르셨다. 성문들은
부처님께, '저 거사는 마주하여 대화하기 어려운 사람입니다. 감히 스승의 말씀을 따르지
못하겠습니다'라고 아뢰었다. 부처님이 문수에게 문병하라고 하시니, 문수는, '부처님의
신통한 힘을 받들어 병문안을 가도록 하겠습니다'라고 말하였다. 이에 3만 2천의 보살들
을 거느리고 비야리성에 갔다. 유마는 이를 미리 알고 오직 평상 하나만 남겨둔 채 가지
고 있던 것들을 모두 없앤 후에 병든 모습으로 침상에 누워 있었다. 이 때, 사리불이 '방
은 좁고 사람은 많은데, 이들을 어떻게 수용할 것인가?'라고 생각하였다. 유마는 천계에
계시는 등왕불(燈王佛)*의 처소에 청하여 3만 2천 개의 사자좌를 얻어다가 사방 한 자짜
리 방에 배치하였는데, 넓지도 않고 좁지도 않았다. 또 사리불이 '공양은 어떻게 할 것인
가?'라고 생각하였더니, 유마는 또 보살로 화한 자를 향적세계(香積世界)에 보내어 한 발
우의 밥을 얻어왔는데, 모자라지도 않고 남지도 않았다."

＊등왕불(燈王佛): 연등불(然燈佛)을 가리킨다. 산스크리트로는 Dipankara-buddha이
고, 정광불(錠光佛)·정광불(定光佛)·보광불(普光佛)·등광불(燈光佛) 등으로 음역된
다. 과거불(過去佛)의 하나였는데, 석존이 보살로서 최초로 성불의 수기를 받았던 것은
바로 이 연등불 때였다고 한다. 그 때, 석존은 바라문 청년의 선혜(善慧)로서 연등불에게
연꽃을 받들어 올리고 진흙길에 자신의 머리카락을 펼쳐 연등불이 지나가시게 하였다.
그 행위로 인해 연등불로부터 장차 석가모니불이 될 것이라는 수기를 받게 되었다.

돌을 걸으며 이끼 낀 석등 곁을 지날 때에 말이다. 비록 도시 한복판에 있어도 문명의 먼지와 소음으로부터 멀리 떨어진 숲속에 있는 것처럼 느껴진다. 이런 고요함과 청정함을 느끼도록 한 데에 차의 대가들의 위대한 독창성이 있다. 노지를 거닐 때에 일어나는 기분의 성질은 차인에 따라 달랐다. 리큐우와 같은 사람은 철저한 정적靜寂을 겨냥하였으며, 노지를 만드는 비결은 옛 노래 속에 담겨 있다고 주장하였다.

바라다보니
꽃도 없고 단풍도
없느니, 그저
바닷가의 뜸집엔
가을의 해거름이.[13]

코보리 엔슈우小堀遠州[14] 같은 사람들은 다른 효과를 구하였다. 엔

---

13 카마쿠라 막부 때의 가인(歌人)인 후지와라 테이카(藤原定家, 1162~1241)의 노래다. "見渡せば花ももみぢもさかりけり浦のとまやの秋の夕暮"
14 코보리 엔슈우(小堀遠州, 1579~1647) : 오오미쿠니(近江國) 출신인데, 1593년에 히데요시를 섬기면서 교토(京都)로 옮겨갔다. 그 즈음에 후루타 오리베(古田織部)에게 차를 배웠다. 에도(江戸) 막부에서 사쿠지부교오(作事奉行)의 직책을 맡아 여러 공사에서 공을 세웠다. 1624년부터 차인으로 활약하였고, 3대 쇼오군인 토쿠가와 이에미츠(德川家光)의

슈우는 노지에 대한 구상을 다음의 시 속에서 발견할 수 있다고 말하였다.

여름 나무 사이로
바다가 조금 있고
횅한 저녁달[15]

엔슈우가 말하고자 한 바를 헤아리기란 어렵지 않다. 과거의 덧없는 꿈속에서 헤매면서도 달콤하고 신령한 빛의 삼매에 젖어서 드넓게 펼쳐진 저 너머의 자유를 동경하는, 새롭게 막 깨어난 마음가짐을 만들어내고자 한 것이다.

그리하여 각오가 된 손님은 조용히 그 거룩한 곳으로 다가가는데, 다실은 평화로움이 뚜렷하게 배어나오는 집이므로 무사라면 자신의 칼을 처마 밑 선반에 걸어두어야 한다. 그리고는 몸을 낮게 구부려서 높이가 석 자도 채 안 되는 작은 문을 통해 방으로 기어서 들어간다. 이는 신분이 높거나 낮거나 상관없이 모든 손님이 따라야 하는 것이

다도 사범이 되었다. 그의 다풍은 무가(武家)의 다도에 공가적(公家的)인 고전미를 겸한 '키레이사비(きれいさび)'로 일컬어졌는데, 일본 근세의 다도는 이 엔슈우로 말미암아 대성되었다.

15 『사와시게츠슈우(茶話指月集)』에 실려 있다. "夕月夜海すこしある木の間かな"

니, 바로 겸손을 가르쳐주기 위함이다. 들어가는 순서는 마치아이에서 기다리는 동안에 서로 합의가 되었으므로 손님들은 한 사람씩 소리 없이 들어가서 자신의 자리를 잡고, 먼저 토코노마[16] 위의 그림이나 그 아래에 꽂혀 있는 꽃에 경의를 표한다. 모든 손님이 제각각 자리에 앉고 고요함만이 가득해서 쇠탕관에서 끓는 물의 음률만이 들릴 때까지 주인은 그 방에 들어가지 않는다. 탕관은 노래를 잘한다. 색다른 가락을 내도록 바닥에 쇳조각을 알맞게 배열해두었기 때문이다. 그래서 구름에 싸인 폭포의 메아리가 들리기도 하고, 바위에 부서지는 먼 바다의 소리가 들리기고 하고, 대숲을 휩쓸고 지나가는 폭풍우 소리가 들리기도 하고, 혹은 아득히 먼 언덕 위에 서 있는 소나무의 한숨소리가 들리기도 한다.

낮에도 방 안은 빛이 은은한데, 이는 비스듬한 지붕의 처마가 햇빛을 조금만 들이기 때문이다. 천정에서 마루까지 모든 것이 소박하고도 엷은 색조 속에 있다. 손님들도 삼가는 마음으로 튀지 않는 색의 옷을 입고 있다. 원숙한 부드러움이 넘쳐 흐른다. 근래에 구한 것은

---

16 토코노마(床の間) : 무로마치(室町) 시대의 서원(書院, 조선의 서원과는 다름) 건축에서 족자를 걸도록 마련한 공간인데, 이것이 다실에서도 그대로 재현되었다. 다실에서는 여기에 족자도 걸고 바닥에는 꽃을 꽂은 화병을 두기도 한다. 원래 이 토코노마는 마치 제단과 같은 종교적인 공간이었는데, 점점 미학적 공간으로 바뀌어갔다. 그러나 토코노마의 존재는 여전히 일본 차인들로 하여금 다법에 종교적 경건성을 부여하는 역할을 하고 있다.

무엇이든 사용이 금지되어 있다. 오로지 티끌 한 점 없이 희고 새로운 찻솔과 아마포 행주, 이 둘이 뚜렷하게 대비되고 있을 뿐이다. 다실과 다기가 아무리 바래 보이더라도 모든 것은 완벽할 정도로 깨끗하다. 가장 어두운 구석에서도 티끌 한 점 발견할 수 없다. 만약 조금이라도 있다면, 그 주인은 차의 대가가 아니다. 차의 대가가 갖추어야 할 것 가운데 첫 번째는 어떻게 쓸고 치우고 닦는지를 아는 일이다. 그래서 닦고 터는 데에도 기술이 필요하다. 하나의 금속 골동품은 네덜란드 주부처럼 무엄하게도 열중하여 닦아서는 안 된다. 꽃병에서 떨어지는 물방울은 닦을 필요가 없다. 그것은 이슬과 서늘함을 생각나게 하기 때문이다.

이와 관련된 리큐우의 이야기가 있다. 그것은 차의 대가가 지니고 있던 깨끗함에 대한 인식을 잘 보여준다.

리큐우는 아들 쇼오안少庵(1546~1614)[17]이 노지를 쓸고 물을 뿌리는 걸 보고 있었다. 쇼오안이 일을 다 마쳤을 때 리큐우는,

"그것으로는 깨끗하지 않아!"

라고 말하고는 다시 하도록 시켰다. 힘겨운 한 시간을 보낸 후에

---

17 센노쇼오안(千少庵, 1546~1614) : 센노리큐우의 후처 센노소오온(千宗恩)이 데려온 아들이다. 다이토쿠지(大德寺) 앞의 다실을 짓고 리큐우에게서 챠노유우를 배웠다. 리큐우가 할복을 한 후에 떠돌아다니다가 이에야스 등의 간청으로 사면되자, 혼포오지(本法寺) 앞에 다실을 짓고 리큐우가 남긴 것을 다시 일으켰다. 그는 시가와 하이카이(俳諧)도 잘하였다. 그의 다풍은 부드러움과 고요함이 특징이라고 한다.

아들은 아버지에게 말하였다.

"아버지, 더 이상 할 게 없습니다. 디딤돌도 세 번이나 씻었고, 석등石燈과 나무에는 물을 뿌려서 이끼와 지의地衣가 파릇파릇 생기가 돌고 있습니다. 잔가지 하나, 이파리 하나도 땅에 떨어져 있지 않습니다."

"어리석은 놈! 노지를 청소하는 법은 그런 게 아니야!"

이렇게 꾸짖은 차의 대가 리큐우는 노지로 걸음을 옮기더니 나무를 잡아 흔들었다. 그러자 가을의 비단 조각인 금빛과 진홍색의 나뭇잎이 흩어지며 떨어졌다. 리큐우가 요구한 것은 단순한 깨끗함이 아니라, 아름다움과 저절로 그러함이기도 하였다.

'애호가의 집'이라는 이름은 어떤 개인의 예술적 취향에 맞게 만들어내었다는 걸 의미한다. 다실은 차인을 위해 만들어진 것이지, 차인이 다실을 위해 있는 게 아니다. 후손들을 위해 만들려고 했던 것이 아니므로 오래 가지도 않는다. 모든 사람이 자신의 집을 가져야 한다는 생각은 고대 일본인의 관습에 기초한 것이다. 모든 거주지는 그 집의 가장이 죽으면 퇴거하여야 한다고 신토神道[18] 미신에서는 규정하

---

18 신토(神道) : 일본의 토착 종교로, 중세에는 불교와 습합(習合)하면서 체계화되었고, 에도 초기에는 유교의 영향을, 에도 중기에는 코가쿠(國學)의 영향을 강하게 받았다. 메이지(明治) 정부는 신사(神社)를 국가에 종속시키면서 국가신토로 만들었는데, 2차 세계대전 후에 다시 분리되었다.

였다. 아마도 이렇게 한 데에는, 미처 깨닫지는 못하였어도 위생상의 이유가 작용했을 것이다. 또 다른 관습으로는 새롭게 지은 집은 먼저 결혼한 부부에게 제공되어야 한다는 것이었다. 고대에 왕도王都를 자주 옮긴 것은 그런 관습 때문이었을 것이다. 이세신궁伊勢神宮[19]을 20년마다 다시 짓는 것은 고대의 좋은 본보기인데, 오늘날에도 여전히 그렇게 하고 있다. 이런 관습들이 지켜지는 것은 목조 건축의 방식으로 쉽게 헐어버리고 쉽게 세울 수 있는 구조를 갖추었을 때에만 가능하다. 좀 더 오래가도록 벽돌과 돌로 지은 건물은 이동이 불가능하다. 사실 나라奈良[20] 이후에 도입된 중국의 좀 더 견고하고 육중한 목조 건축은 이동이 불가능하였다.

그러나 15세기에 선의 개인주의가 우세해지면서 다실과 함께 생겨난 깊은 의미가 낡은 사상에 스며들었다. 일체는 무상하며 정신이 물질을 지배해야 한다는 불교의 이론에 따라 선종에서는 집을 몸을 위한 임시 거처쯤으로 인식하였다. 몸 그 자체는 벌판에 서 있는 오두막이요, 주위에서 자라는 풀들을 묶어서 만든 보잘 것 없는 은신처다. 그러나 이런 풀들이 풀려버리면 다시금 원래의 그 황량한 벌판으로 되돌아간다. 다실에 앉아 있으면, 띠 지붕에서는 덧없음을, 가냘

---

19 이세신궁(伊勢神宮) : 미에현(三重縣)에 있다. 일본 전국의 신사(神社)에서 중심적 존재이다.

20 수도가 나라(奈良)의 헤이죠오쿄오(平城京)에 있었던 710~784년의 시기를 가리킨다.

픈 기둥에서는 연약함을, 대받침에서는 가벼움을, 평범한 재료들에서는 외견상의 무심을 느끼게 된다. 이렇게 단순한 것들 속에서 구현되어 있는 정신, 그 세련되고 은은한 색조로 아름다워지는 정신 속에만 영원함이 있다.

다실이 어떤 개인의 취향에 맞도록 지어져야 한다는 것은 예술에서 활기의 원리를 실행하는 일이다. 예술이 충분히 감상되기 위해서는 동시대의 삶과 일치하여야 한다. 후세의 요구를 무시해야 한다는 말이 아니라, 현재를 더욱더 즐겨야 한다는 말이다. 과거에 창조된 것들을 소홀히 하여야 한다는 게 아니라, 그것들을 우리의 의식과 동화시켜야 한다는 것이다. 전통과 형식에 굴종하면 그것이 족쇄가 되어, 건축에서 개성을 표현하지 못한다. 현대 일본에서 볼 수 있는, 아무런 자각도 없이 모방한 유럽풍의 건물들을 보고 있노라면 눈물밖에 나오지 않는다. 가장 진보적인 서구 국가들에서 어째서 그토록 독창성이 결여되고 낡아빠진 양식의 반복일 뿐인 건축이 가득한지, 우리는 의아하다. 아마도 우리는 지금 예술이 민주화되는 시대를 지나면서도 새로운 왕조를 창업할 군주다운 지배자가 나타나기를 기다리고 있는지도 모른다. 바라건대, 옛것을 더욱 사랑하면서 더욱 적게 베낄지어다! 그리스인들이 위대했던 것은 그들이 낡은 옛것에서는 결코 아무 것도 끌어내지 않았기 때문이라고 한다.

'텅빈 집'은 만물을 포용하는 도가의 이론을 전할 뿐만 아니라,

장식의 의도는 끊임없이 변화할 필요가 있다는 관념도 내포하고 있다. 다실은 심미적 분위기를 북돋울 수 있도록 임시로 가져다놓은 것들을 빼고는 완전히 비어 있다. 상황에 따라서 어떤 특별한 예술품을 들여놓으며, 다른 모든 것들 역시 근간이 되는 아름다움을 더하기 위해서 선택되고 배열된다. 사람은 동시에 서로 다른 음악을 들을 수 없다. 마찬가지로 아름다움에 대한 참다운 이해는 어떤 핵심적인 주제에 집중했을 때에만 가능하다. 그러므로 우리의 다실을 장식하는 법은 집의 내부를 박물관으로 전환시키는 서구의 그것과는 다르다. 장식의 단순성과 장식법의 끊임없는 변화에 익숙한 우리에게, 그림과 조각, 골동품 등을 방대하게 진열하여 변화가 없도록 가득 채운 서구의 내부 장식은 그저 저속한 부를 과시하는 것으로만 느껴진다. 단 하나의 걸작이라도 끊임없이 보고 즐기기 위해서는 풍부한 감상력이 요구된다. 그리고 보면, 유럽이나 미국의 가정에서 종종 볼 수 있는 것처럼 그토록 색상과 형태가 뒤죽박죽인 데에서 날마다 살아가는 사람들이 지니고 있는 예술 감상의 허용량은 실제로 무한하다고 할 수 있다.

'불균형의 집'은 우리의 장식 구성의 또 다른 면을 암시한다. 일본 예술품에서 균형미가 결여되어 있다는 점은 서구의 비평가들이 종종 지적하는 바이다. 이 역시 도가의 이상을 선을 통해 구현해낸 결과다. 이원론이 깊이 자리하고 있는 유교도, 삼존불三尊佛[21]을 숭앙하는 북방 불교도 결코 균형미의 표현에 반대하고 있지 않다. 사실 중국의 고대 청동기나 당대唐代와 나라奈良의 불교 미술품들을 연구해보면, 끊임없이 균형미를 추구하고 있음을 알게 된다. 우리의 고전적인 실내 장식은 확실히 그 배치에 정연함이 있다. 그러나 도가와 선에서 말하는 완전이라는 개념은 다르다. 그들 철학의 역동성은 완전 자체보다는 완전을 추구하는 과정에 더욱 중점이 두어져 있다. 참된 아름다움은 마음을 통해 불완전을 완전하게 만드는 사람에 의해서만 발견될 수 있다. 삶과 예술의 억셈은 바로 성장하려는 그 가능성에 있다. 다실에서 전체의 효과를 자신과의 관련 속에서 완전한 것으로 만드는 것은 손님 각자의 상상력에 달렸다. 선이 지배적인 사유 방식이된 후로, 극동의 예술은 완전함뿐만 아니라 반복성을 드러내는 균형성을 의도적으로 피하였다. 의장意匠의 획일성은 상상력의 신선함에는 치명적인 것이다. 그래서 인물보다도 풍경이나 새, 꽃 등이 그림의 주제로서 더 선호되었다. 인물은 그림을 보는 자 자신에게서 드러나기 때문이다. 우리는 종종 자신을 지나치게 있는 그대로 드러낸다. 그래서 허영심에도 불구하고 자기애조차 쉽사리 단조로운 것이 되어버린다.

---

21 불교 사원에서 법당에 불상을 안치할 경우, 중앙의 불상 좌우에 협시보살을 두어 삼존(三尊)을 구성한다. 석가여래를 중심으로 하고 문수(文殊)와 보현(普賢) 혹은 약왕(藥王)과 약상(藥上) 두 보살을 협시로 하는 것을 '석가삼존' 이라 한다. 또 아미타여래를 중심으로 하고 관세음과 세지 두 보살을 두는 것을 '아미타삼존' 이라 한다.

다실에는 반복에 대한 두려움이 항상 있다. 방의 장식에 쓰이는 것들은 색깔이나 의장이 반복되지 않도록 선택해야 한다. 만약 생화 生花로 꽃꽂이를 했다면, 꽃을 그린 그림은 허용되지 않는다. 둥근 탕 관을 쓴다면, 물 주전자는 모난 것이어야 한다. 검은 유약을 칠한 찻 잔이라면 검은 옻칠을 한 차통과는 짝이 될 수 없다. 토코노마에 꽃병 이나 향로를 놓을 때에도 한가운데에 두지 않도록 주의를 기울여야 한다. 그 공간을 이등분해서는 안 되기 때문이다. 토코노마의 기둥은 방 안에 숨어 있는 단조로움을 깨뜨릴 수 있도록 다른 기둥과는 다른 종류의 나무를 써야 한다.

여기에서도 일본의 실내 장식법은 벽난로 위나 다른 데서 물건을 대칭적으로 배열하는 서양의 장식법과는 다르다. 서양의 집에서는 종종 쓸데없이 반복되어 있는 것을 보게 된다. 자신의 등 뒤에 있는 전신 초상화가 우리를 노려보고 있을 때에 그 사람과 대화하려고 애 쓰는 건 정말 고역이다. 대체 어떤 것이 실재인지, 그림이 실재인지 얘기를 하고 있는 사람이 실재인지 궁금할 뿐 아니라, 둘 중 하나는 사기라는 묘한 확신을 느끼기까지 한다. 흥겨운 식탁에 앉아서 식당 벽에 잔뜩 걸려 있는 그림들을 눈여겨보다가 남모르게 소화 장애를 일으킬 뻔한 적이 여러 번 있었다. 왜 사냥에서 쫓기는 동물들을 그린 그림을 걸어두거나, 정교하게 조각한 물고기나 과일들로 장식하고 있는 걸까? 왜 집안 대대로 내려오는 식기들을 보여주어서 그걸로 식사하였던, 지금은 죽고 없는 사람들을 떠올리게 하는가?

비속함에서 벗어난 자유로움, 소박함 그것은 다실을 바깥 세계의 괴로움과 분리된 참된 성소聖所로 만들어준다. 거기, 바로 거기에서만 어떠한 번민도 없이 자신을 숭고한 아름다움에 바칠 수 있다. 16세기에 다실은 일본의 통일과 재건에 관여한 우악스런 무사와 정치가들에게 잠깐 동안의 휴식을 제공해주었다. 17세기에 토쿠가와德川 막부의 엄격한 형식주의가 발달한 이후로는 예술 정신이 자유롭게 소통할 수 있는 유일한 기회가 이 다실에 있었다.[22] 위대한 예술 작품 앞에서는 다이묘오, 사무라이, 평민의 신분 차별이 사라졌다. 오늘날은 산업주의로 말미암아 전 세계 어디에서나 진정한 우아함을 누리기가 더더욱 어려워졌다. 그러니 예전보다 더 이 다실이 필요하지 않겠는가?

---

22 일본의 중세도 신분제 사회였으나, 토요토미 히데요시가 농민들에게서 칼을 비롯한 무기를 빼앗음으로써 사농공상(士農工商)의 구분은 더욱 엄격해졌는데, 토쿠가와 막부가 들어서면서 확고해졌다. 엄격한 신분의 구분은 점차 직업의 이동조차 제한하는 데에 이르렀다. 오늘날 일본인들은 우동집을 삼대 또는 오대에 걸쳐서 하는 것을 자랑으로 여기지만, 사실은 그렇게 할 수밖에 없도록 막부가 은근히 강요하였던 것이 지속되고 있는 것뿐이다.

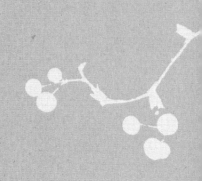

다섯째 마당 ●

예
술
감
상

예술 감상

'거문고 길들이기' 라는 도가의 이야기를 들어본 적 있는가?

옛날 옛적에 용문龍門[1]의 협곡에 진정한 숲의 왕인 오동나무 한 그루가 있었다. 그 머리는 높이 솟아 별들과 이야기를 나누었고, 뿌리는 땅 속 깊이 뻗어서 청동빛 또아리가 되어 저 아래서 잠자고 있는 은빛 용과 엉켜 있었다. 그런데 어떤 대단한 마법사가 이 나무로 신기한 거문고를 만들었다. 그러나 그 다루기 힘든 고집은 위대한 음악가에 의해서만 길들여질 수 있었다. 오랫동안 그 악기는 중국의 황제가

---

1   용문(龍門)은 중국 황하(黃河)의 상류에 있는 산 이름 또는 그 곳을 통과하는 여울목의 이름이다. 잉어가 이 곳을 거슬러 오르면 용이 된다고 한다.

비장秘藏하였다. 수많은 악사樂師들이 그 줄에서 아름다운 가락을 끌어내려고 차례로 시도하였으나, 모두 허사였다. 그들의 각고의 노력에도 불구하고 거문고에서는 아무런 가치도 없는 거친 음색만 울릴뿐, 그들이 기꺼이 불렀던 노래와는 조화가 되지 않았다. 그 거문고는 악사들을 인정하지 않으려 했다.

드디어 백아伯牙[2]라는 거문고의 일인자가 나타났다. 그는 부드러운 손길로 거문고를 어루만졌다. 마치 거친 야생마를 달래려는 것처럼. 그리고 가볍게 줄을 튕겼다. 그가 자연과 네 계절을, 높은 산과 흐르는 물을 노래하였더니, 아 놀랍게도 나무의 기억이 모두 되살아나는 게 아닌! 다시 한 번, 봄날의 그 달콤한 속삭임이 가지 사이에서 살랑거렸다. 협곡을 곧추 내려가면서 춤을 추었던 그 기운찬 폭포가 막 피어나는 꽃봉오리를 향해서 웃었다. 이내 수많은 곤충들과 후두둑 떨어지는 빗소리, 뻐꾸기의 외침이 들려주는 꿈결 같은 여름의 목소리가 들렸다. 귀 기울여라! 범이 으르렁거리니, 골짜기가 메아리치도다. 가을이로구나! 쓸쓸한 밤, 서리 내린 풀잎에 칼과 같이 날카

---

2 중국 춘추시대 초나라 사람으로, 거문고의 달인이었다. 그는 진(晉)나라의 대부가 되었는데, 초나라에 사신으로 갔다가 고향에 들렀을 때이다. 휘영청 밝은 달 아래서 거문고를 연주하는데, 허름한 차림의 나무꾼이 듣고 있었다. 그가 산의 웅장한 모습과 격류의 우렁찬 기상을 표현하자, 나무꾼은 정확하게 알아맞혔다. 이에 백아는 "당신이야말로 진정으로 소리를 아는[知音] 분이군요"라고 하면서 의형제를 맺었다. 그 나무꾼은 종자기(種子期)라는 사람이었다. 여기에서 지음이라는 말이 나왔다. 후에 종자기가 죽자, 백아는 거문고 줄을 끊고 다시는 연주하지 않았다고 한다.

롭게 내려앉는 달빛. 이제 겨울이 오도다. 눈으로 가득한 허공을 빙빙 돌고 있는 백조의 무리들, 기뻐 날뛰며 가지를 때리는 요란한 우박들.

그제야 백아는 가락을 바꾸어 사랑 노래를 불렀다. 사랑에 빠져 깊은 상념에 젖은 애인처럼 숲은 몸을 흔들었다. 저 높은 곳에서는 도도한 아가씨처럼 밝고 말끔한 구름 한 조각이 휙 날아가 버렸다. 그러나 절망과 같은 검은 그림자를 땅 위로 길게 끌며 지나갔다. 다시 음조가 바뀌었다. 백아는 부딪치는 칼 소리와 마구 짓밟는 군마들이 뒤얽힌 전쟁을 노래하였다. 그러자 거문고에서 용문의 폭풍우가 휘몰아치면서 용은 번개를 타고 눈사태가 산의 곳곳에서 우레같이 울렸다. 황홀해진 중국의 군주는 백아에게 거문고를 정복한 비결이 어디에 있는지 물었다. 백아가 대답하였다.

"폐하! 다른 악사들은 자신들의 노래만 불렀기 때문에 실패했습니다. 저는 거문고에게 자신이 부를 노래를 선택하도록 맡겼을 뿐입니다. 그리하여 거문고가 백아인지, 백아가 거문고인지 참으로 모르게 되었습니다."

이 이야기는 예술 감상의 비법을 잘 보여준다. 걸작이란 우리의 세련된 느낌 위에서 연주되는 교향악이다. 참된 예술은 백아요, 우리는 용문의 거문고다. 그 아름다움을 건드리기만 하면, 신기하게도 우리의 그 비밀스런 심금心琴이 잠에서 깨어나고, 그 부름에 우리는 설

레고 떨린다. 마음이 마음에 말을 건다. 그러면 우리는 들리지 않는 것에 귀 기울이고, 보이지 않는 것을 뚫어져라 바라본다. 대가는 우리가 모르는 곡조를 불러낸다. 오래 전에 잊혀졌던 것들이 모두 새로운 의미를 갖고 되돌아온다. 두려움에 억눌렸던 희망들, 감히 인정할 수 없었던 열망들이 새롭고도 눈부시게 일어선다. 우리의 마음은 화가들이 자기의 색을 부여하는 화포畵布다. 그들의 색칠은 우리의 감정이요, 그들이 배합하는 명암은 기쁨의 빛과 슬픔의 그림자다. 우리는 걸작에 의해서 존재하고, 걸작은 우리로 말미암아 존재한다.

예술 감상에 필요한 마음의 교응交應은 상호 양보에 기초하지 않으면 안 된다. 관객은 그 전언傳言을 받아들이기에 알맞은 태도를 배양해야 한다. 예술가들이 그것을 어떻게 전할 것인가를 알아야 하는 것처럼 말이다. 차의 대가인 코보리 엔슈우는 그 자신이 다이묘오였는데, 새겨둘 만한 이런 말을 남겼다.

"위대한 군주에게 다가가듯이 위대한 그림에 다가가라."

걸작을 이해하기 위해서는 작품 앞에서 자신을 낮추고 숨을 죽인 채 기다리면서 한 마디도 놓치지 말아야 한다. 송대의 어떤 저명한 비평가는 아주 매력적인 고백을 한 적이 있다.

"젊은 시절에 나는 내가 좋아하는 그림을 그린 대가를 칭송하였으나, 나의 안목이 성숙해짐에 따라 내가 좋아할 수 있는 것을 선택한 대가들을 좋아하는 자신을 칭찬하게 되었다."

한스러운 것은 대가들의 기분을 연구하기 위해 애쓰는 사람이 요즘엔 거의 없다는 사실이다. 우리의 그 고집스런 무지가 그들에게 이런 소박한 예의를 표시하지 못하게 만든다. 그래서 우리는 종종 바로 눈앞에 쫙 펼쳐져 있는 아름다움의 성찬을 놓친다. 대가는 항상 줄 것을 가지고 있으나, 우리는 자신의 부족한 감상력 때문에 혼자서 굶주리고 있다.

공감할 줄 아는 사람에게 걸작은 생생한 실재가 되어서 동지애를 느끼게 해준다. 대가들은 영원히 죽지 않는다. 그들의 사랑과 두려움이 우리들 속에서 살고 또 살기 때문이다. 우리를 끄는 것은 손보다는 혼이고, 기술보다는 사람이다. 부름이 인간적일수록 응답도 더 깊은 내면에서 울린다. 작가와 우리들 사이에 이런 암묵적 이해가 있기 때문에 시나 소설에서 우리가 영웅이나 여주인공과 함께 괴로워하고 함께 기뻐하는 것이다.

일본의 셰익스피어인 치카마츠近松[3]는 극작劇作의 첫 번째 원리 가운데 하나로 관객을 작가의 비밀 속으로 끌어들이는 것이 중요하다고 말하였다. 그의 제자 몇몇이 그의 인가를 받으려고 작품을 제출

---

3 치카마츠 몬자에몬(近松門左衛門, 1653~1724)을 가리킨다. 에도 중·후기의 죠오루리 (淨瑠璃), 카부키(歌舞伎)의 작자. 90여 편의 죠오루리, 30여 편의 카부키를 남겼다. 그의 작품들은 에도 시대 일본의 사무라이, 농민, 상인, 유녀(遊女)들의 비극적인 삶을 정확하게 묘사한 것이 특징이다. 그의 작품들은 오늘날에도 여전히 공연되고 있으며, 『작자의 씨신(作者の氏神)』이라는 글도 후세에 대단한 영향을 끼쳤다.

하였는데, 오로지 한 작품만 그의 마음을 움직였다. 쌍둥이 형제가 사람들이 헷갈린 까닭에 괴로움을 당했다는 '착각의 희극'과 다소 유사한 작품이었다. 치카마츠가 말하였다.

"이건 관객을 고려했기 때문에 연극의 정신에 걸맞다. 관객이 배우들보다 더 많은 것을 알도록 해주어야 한다. 어디에 잘못이 있는지를 알고 있는 관객은, 아무 것도 모르고 자신의 운명으로 치닫고 있는 무대 위의 가여운 인물을 동정하는 법이다."

동양과 서양의 위대한 대가들은 관객을 비밀 속으로 끌어들이는 수단으로서 암시의 가치가 얼마나 대단한지 결코 잊지 않았다. 걸작을 들여다보면서 우리의 생각 앞에 던져진 그 엄청난 사유의 넓이에 외경심을 일으키지 않을 이가 있겠는가? 얼마나 친숙하고 또 공감되는가? 이에 비하면, 현대의 범작凡作들은 또 얼마나 맨송맨송한가? 걸작에서 우리는 사람의 마음으로 쏟아져 들어오는 따스함을 느끼지만, 범작에는 그저 형식적인 예의를 표할 뿐이다. 그 자신의 기법에 빠져 있는 현대의 작가는 거의 자신을 넘어서지 못한다. 마치 용문의 거문고에게서 헛되이 가락을 불러내려던 악사들처럼 단지 자신에 대해서만 노래하고 있다. 그래서 그의 작품은 과학에는 가까울지언정 인정으로부터는 너무 멀리 있다. 일본에는 이런 속담이 있다.

"여인은 뽐내는 사내를 사랑하지 않는다. 그의 마음에는 사랑이 들어가서 채울 틈이 없기 때문에."

예술에서도 똑같다. 허영심은 예술가에게도 대중에게도 치명적이어서 공감을 얻지 못한다.

예술에서 유사한 정신의 합일보다 더 신성한 것은 없다. 그것들이 만나는 순간에 예술 애호가는 자신을 초월한다. 한순간, 그는 존재하면서 존재하지 않는다. 영원을 흘끗 보기는 했지만, 어떠한 말로도 그 기쁨을 표현할 수가 없다. 눈에는 혀가 없으므로. 물질의 속박에서 벗어난 그의 정신은 사물의 가락에 맞게 움직인다. 그리하여 예술은 종교와 비슷해져서 인간을 고귀하게 만든다. 걸작을 거룩하게 만드는 것도 바로 이것이다.

옛날에 일본인들이 가졌던 위대한 작가의 작품에 대한 숭배는 열렬한 것이었다. 차의 대가들은 자신의 보물을 종교적 비밀로서 지켰기 때문에 그 감실龕室—비단 싸개로 부드럽게 싼 것을 놓아두는 거룩하고도 거룩한 곳—에 이르기 위해서는 겹겹이 포개어져 있는 모든 상자를 열 필요가 있었다. 그 작품이 드러나는 경우는 매우 드물고, 드러나더라도 비의를 전수받은 이만 볼 수 있었다.

다도가 욱일승천하고 있을 때에 태합太閤의 쇼오군將軍들은 승리의 대가로 광대한 영지보다 진귀한 예술품을 받는 것에 더 만족하였다. 일본 사람들이 좋아하는 작품 가운데에는 저명한 걸작의 상실과 되찾기에 바탕을 두고 있는 것이 많다. 예를 들면, 어떤 연극에서는 호소카와細川의 저택에 셋손雪村이 그린 유명한 달마도達摩圖가 보관

되어 있었는데, 담당 무사의 부주의로 갑자기 불이 났다. 모든 위험을 무릅쓰고 그 귀중한 그림을 건지려고 결심한 무사는 불타는 건물 안으로 뛰어 들어가서 그 족자를 움켜쥐었다. 그러나 화염으로 말미암아 나갈 길이 꽉 막혀버렸다. 오직 그림에 대한 생각뿐이었던 무사는 칼로 자신의 몸을 내리 베어 열었다. 그리고는 찢어진 소매로 셋손의 그림을 감싸고 그것을 갈라진 몸속으로 밀어 넣었다. 드디어 불이 꺼졌다. 연기가 나는 잿불 속에서 반쯤 탄 주검이 발견되었는데, 그 주검 속에는 불에 손상되지 않은 보물이 안전하게 쉬고 있었다. 참으로 섬뜩한 이야기이지만, 신뢰 받는 무사의 충성뿐만 아니라 걸작에 얼마나 대단한 가치를 두었는지를 잘 보여준다.

그렇지만 예술은 우리에게 말을 거는 정도에 따라서만 가치가 평가된다는 점을 기억해야만 한다. 만약 우리의 공감이 보편적인 것이라면, 예술이 우리에게 거는 말도 보편적일 것이다. 우리의 유한성에 조상으로부터 물려받은 습성뿐만 아니라 전통과 관습까지 가세하여, 심미적 즐거움을 누릴 수 있는 우리의 역량을 한정하고 있다. 어떤 때에는 우리 자신의 개성이 우리의 이해에 장애가 된다.

우리의 심미적 개성은 과거의 창작 속에서 자신의 친연성을 구하고 있다. 수양을 통해 예술을 감상하는 능력을 넓힐 수 있고, 여태까지 인식하지 못한 아름다움의 표현을 상당히 즐길 수 있다는 건 사실이다. 그러나 결국 우리는 우주 속에서 우리 자신의 상을 볼 뿐이다.

우리 자신의 독특한 개성이 우리의 인지 방식을 규정짓는 것이다. 차의 대가들은 엄격하게 개인적인 감상 기준 내에 들어오는 것들만 수집한다.

코보리 엔슈우와 관련된 재미있는 이야기가 하나 떠오른다. 엔슈우는 수집한 작품을 통해 보여준 그 훌륭한 취향으로 인해 제자들로부터 찬사를 받았다.

"작품 하나하나가 감탄하지 않을 수 없는 것들입니다. 이것은 선생님이 리큐우보다 더 뛰어난 취향을 가졌다는 걸 보여줍니다. 리큐우의 수집품은 천 명 가운데서 한 명만 감상할 수 있기 때문입니다."

그러자 엔슈우는 슬픔에 젖어 대답하였다.

"이건 내가 얼마나 평범한지를 입증해줄 뿐이다. 위대한 리큐우는 자신에게 직접 호소하는 작품만을 사랑하였다. 반면에 나는 자신도 모르게 대중의 취향에 영합하였다. 참으로 리큐우는 천 명 가운데 한 명 있을까 말까한 그런 차인이다."

유감스럽게도 오늘날에는 예술에 대해 표면적으로만 열광할 뿐, 진실한 느낌에 토대를 두고 있지 않다. 이 민주주의 시대에 사람들은 자신의 느낌 따위는 아랑곳하지 않고, 대중적으로 최고라 여겨지는 것에만 극성스럽게 매달리고 있다. 비싼 것을 원하지, 우아한 것을 바라지 않는다. 유행하는 것을 원하지, 아름다운 것을 바라지 않는다. 대중들에게는 그들이 찬미하는 척하는 초기 이탈리아나 아시카가足利 시대[4]의 대가들이 남긴 작품들을 보는 것보다 자신들의 산업 주의가 낳은 가치 있는 생산품인, 그림이 있는 정기 간행물을 들여다 보는 것이 심미적 즐거움에 있어서는 훨씬 소화하기가 용이한 음식 이 될 것이다. 그들에게는 예술가의 이름이 작품의 질보다 더 중요하 다. 여러 세기 전에 중국의 비평가가 "대중은 귀로 그림을 비평한다" 라고 불평했던 것처럼 말이다. 오늘날 어디를 돌아보든 사이비 고전 주의에 대한 혐오감이 우리 눈에 띄는데, 이에 대한 책임은 이런 진 정한 감상력의 결여에 있다.

또 다른 흔한 잘못은 예술과 고고학을 혼동하는 데에 있다. 고대 유물에서 태어난 숭배는 인간의 성격 가운데서 가장 좋은 것이어서 대단한 수준까지 함양하려고 기꺼이 애쓰고 싶은 것이다. 옛 대가들 은 후세를 계몽할 수 있는 길을 열었기 때문에 마땅히 존경받아야 한 다. 여러 세기 동안 비평을 거치면서도 아무런 손상도 입지 않고 우리 에게 내려와서는 여전히 찬란하게 빛나고 있다는 그 단순한 사실만 으로도 우리의 존경을 받을 가치가 있다. 그러나 단지 연대적인 면에 서만 그들의 성취가 가치 있다고 한다면, 그건 참으로 어리석은 짓이 다. 그것은 역사적 공감이 우리의 심미적 분별력을 짓밟도록 내버려

---

4 일반적으로 무로마치(室町) 시대(1336~1573)라 하는데, 아시카가(足利) 쇼오군들이 존 속되던 시기여서 이렇게도 부른다. 이 시기에 조정에 대한 막부의 권한이 점차 우세해지 면서 막부 체제가 확고해졌다.

두는 것이다.

예술가가 안전하게 무덤에 누웠을 때, 우리는 시인是認의 꽃을 바친다. 게다가 진화론으로 충만했던 19세기는 우리로 하여금 인류라는 종 속에서 개체를 잊어버리는 습관에 더욱 젖어들게 하였다. 수집가는 한 시대 또는 한 유파의 특성을 잘 보여주는 표본들을 몹시 얻고 싶어 하는데, 그로 말미암아 일정한 시대나 학파의 평범한 작품들보다 단 하나의 걸작이 더 많은 것을 가르쳐줄 수 있다는 사실을 잊고 있다. 우리는 너무 많이 분류하고 너무 적게 즐긴다. 이른바 과학적인 방법의 전시를 위해 심미적 즐거움을 희생한 것이 많은 박물관에 독이 되고 있다.

당대의 예술이 요구하는 것은 삶의 중대한 계획을 세움에 있어서 결코 간과할 수 없다. 오늘날의 예술은 정말로 우리에게 속하는 것으로, 우리 자신의 반영이다. 그것을 책망하는 것은 바로 우리 자신을 책망하는 것이다. 지금 세상에는 예술이 없다고들 말하는데, 이건 누구 책임인가? 고대인들에 대해서는 그토록 열광하면서도 우리 자신의 가능성에는 조금도 관심을 기울이지 않는 것은 참으로 부끄러운 일이다.

몸부림치는 예술가들, 차가운 멸시 속에서 서성거리며 지쳐가는 영혼들이여! 자기중심적인 세상에서 우리는 그들에게 얼마나 영감을 주고 있는가? 과거가 현대 문명의 빈곤에 동정의 눈길을 보내는 것은 당연한 일이다. 미래는 우리 예술의 빈약함을 비웃을 것이다. 우리는 삶의 아름다움을 망치면서 예술도 망치고 있다. 아, 사회라는 큰 줄기에서 천재의 손길이 닿으면 울리는 현을 가진 대단한 거문고를 만들어낼 위대한 현인이 나오기를!

여섯째 마당 ●

꽃

여
섯
째
마
당

●

꽃

오싹한 봄날 새벽녘 새들이 나무 사이에서 미묘한 소리로 지저귈 때, 새들이 제 짝들에게 꽃들에 대해 얘기하는 걸 느껴본 적 있는가? 분명히 꽃에 대한 감상은 사랑의 시를 노래한 때와 같은 시대에 일어났으리라. 무의식으로 말미암아 감미롭고 침묵 때문에 향기로운 꽃에서보다 처녀 같은 마음이 더 잘 드러나는 곳을 상상할 수 있겠는가? 태고적 사내는 아가씨에게 처음으로 화관花冠을 바침으로써 그 수성獸性을 초월하였다. 그리하여 인간이 된 그는 타고난 조잡한 본능을 극복하였다. 무용無用함의 그 미묘한 쓰임을 인지하였을 때, 그는 예술의 영역으로 들어갔다.

기쁘거나 슬프거나 꽃들은 늘 우리의 벗이다. 우리는 꽃과 함께

111

먹고, 마시고, 노래하고, 춤추고, 시시덕거린다. 우리는 꽃들과 함께 혼인하고 세례도 받는다. 그들 없이는 감히 죽지도 못한다. 백합과 함께 예배하고, 연꽃과 함께 삼매에 들고, 장미와 국화를 달고서 전투 대형을 펼친다. 심지어 꽃의 언어로 말하려는 시도도 한다. 그들이 없이 어떻게 살 수 있겠는가? 그들이 존재하지 않는 세상은 생각만 해도 섬뜩하다. 병자의 침상에 위안을 가져다주지 않았던가? 피로에 지친 영혼에 지복至福의 빛을 가져다주지 않았던가? 그들의 맑은 친절은 점점 약해지는 우주에 대한 확신을 되돌려준다. 마치 어여쁜 아이를 유심히 바라다보노라면 잃어버린 희망이 되살아나듯이. 티끌이 되어서 저 낮은 곳에 묻혔을 때, 우리의 무덤에서 슬퍼하며 서성거리는 것이 그들이다.

슬프게도 우리는 꽃들과 가까이 지내면서도 짐승의 속성에서 크게 벗어나지 못한다는 사실을 숨길 수 없다. 양의 가죽을 벗으면 우리 내면에 있던 늑대가 곧바로 그 이빨을 드러낸다. 이런 말이 전한다. 열 살에는 짐승, 스물에는 미치광이, 서른에는 낙오자, 마흔에는 사기꾼, 쉰에는 죄인. 아마 짐승이기를 스스로 그만두지 않기 때문에 인간은 죄인이 될 것이다. 우리에게는 굶주림보다 더 실재적인 것이 없고, 자신의 욕망보다 더 신성한 것이 없다. 사당은 차례로 우리의 눈앞에서 산산이 부서져갔지만, 최고의 우상인 우리 자신에게 향을 피우는 제단은 영원히 남을 것이다. 우리의 신은 위대하고, 돈은 그의 예언자로다! 우리는 신에게 제물을 바치기 위해 자연을 거칠고 못 쓰게 만들었다. 우리는 물질을 정복한 것은 뽐내면서 그것이 우리를 노예로 만들었다는 사실은 잊고 있다. 문화와 세련이라는 이름으로 얼마나 잔혹한 짓을 저질렀는가!

말해 다오, 별들의 눈물인 상냥한 꽃들이여! 벌들이 이슬과 햇살을 노래할 때, 뜨락에 서서 벌들에게 고개를 끄덕이며 서 있는 꽃들이여! 너희는 너희를 기다리는 끔찍한 운명을 알고 있느냐? 여름날 그 부드러운 산들바람이 부는 동안, 꿈꾸고 흔들며 장난치고 놀아라. 내일이면 무정한 손이 네 목을 쥘지도 모르니. 비틀리고 갈가리 찢겨서 평온한 집에서 멀어질 것이다. 아, 몹쓸 그녀는 대단한 미인일지도 모른다. 너의 피로 그녀의 손가락이 아직도 촉촉할 때, 그녀는 "오, 너는 얼마나 사랑스러우냐!"라고 말할지도 모른다. 말해 다오. 이것이 애정이냐? 네가 무정한 자로 알았던 사람의 머리칼에 갇히거나, 혹은 네가 사람이었다면 감히 맞대고 보기도 싫은 사람의 단추 구멍 속에 꽂히는 것이 네 팔자인지도 모른다. 고인 물로 채워진 좁은 그릇에 갇혀서, 스러지는 목숨을 경고하는 미칠 듯한 갈증을 푸는 것이 네 운명인지도 모른다.

꽃들이여, 너희들이 미카도御門[1]의 땅에 있다면, 언젠가 가위와 작

---

1 미카도(御門)는 본래 '궁궐의 문'을 뜻하는 말이었는데, 천황 또는 황제를 지칭하는 말이 되었다. 여기서는 천황이 있는 일본을 가리킨다.

은 톱으로 무장한 무시무시한 인물을 만나게 될 것이다. 그는 자신을 꽃의 대가라 부른다. 그는 의사의 권리를 주장하고 너는 본능적으로 그를 미워할 것이니, 그것은 의사가 언제나 환자의 고통을 연장시키려 애쓴다는 것을 네가 알기 때문이다. 그는 자르고 구부리고 비틀어서 도저히 불가능한 자세로 만드는데, 그는 네가 당연히 그런 모습이어야 한다고 생각한다.[2] 그는 벌겋게 단 숯불로 지져서 네 출혈을 멈추려 하고, 너의 순환을 돕기 위해 네 몸속으로 철사를 밀어 넣는다. 또 소금과 식초, 백반과 때로는 황산으로 너의 식사를 조절하기도 한다. 네가 쇠약해지려 하면 너의 발에 끓는 물을 부을 것이다. 그는 자신의 치료를 받지 않았을 때보다 두 주일 이상 네 목숨을 연장시킬 수 있다는 사실을 자랑으로 여길 것이다. 그렇다면 너는 처음 붙잡혔을 때 바로 죽음을 당하는 게 차라리 더 좋지 않았을까? 도대체 너는 전생에 무슨 죄를 지었기에 이승에서 그런 형벌을 받아야만 하느냐?

---

2 일본에는 꽃꽂이에 있어서 이케바나(生花)와 카도오(花道)가 있다. 이케바나는 본래 불교에서 공양의 하나로 불전에 바치는 꽃에서 비롯되었다. 이것이 헤이안(平安) 시대에 귀족들이 감상용으로 꽃병에 꽃을 꽂거나 또는 의식용으로 쓰면서 하나의 형식을 갖추게 되었다. 여기에 유교적 · 도교적인 정신적 요소를 부여하면서 이케바나가 하나의 정신적 수양이 되기에 이르렀는데, 이를 카도오라고 하였다. 그러나 이케바나와 카도오가 모두 순수하고 작위가 없는 자연의 경지를 목표로 하지만, 그것은 어디까지나 이상일 뿐이고 실상은 역시 작위에서 벗어나지 못한다는 한계가 있다. 즉 카도오에 도교적 이상을 담아내려 한다고 해서 담아지는 것이 아니며, 꽃을 다루는 일 자체가 이미 반도교적인 것이기 때문이다. 본문에서 언급된 것을 통해서도 그런 면이 드러난다. 일본인들 또는 일본문화가 도(道)를 유달리 좋아하고 강조하며 추구하는 까닭도 여기에 있다.

그런데 서양에서 꽃을 함부로 낭비하는 것은 동양의 꽃꽂이 대가들이 다루는 방식보다 훨씬 더 섬뜩하다. 유럽과 미국의 무도회장과 연회를 장식하려고 매일 잘렸다가 이튿날 버려지는 꽃의 수량은 어마어마하다. 만약 줄로 묶는다면, 그것들은 대륙을 다 두를 것이다. 이처럼 정말 생명에 무관심한 것에 비하면, 꽃꽂이 대가의 죄는 그리 대수롭지 않은 것이다. 적어도 그는 자연의 경제를 존중하여 철저한 안목으로 희생자를 고르고, 죽은 후에는 남은 것들에 경의를 표한다. 서양에서는 꽃의 진열이 부의 겉치레 가운데 일부, 즉 한때의 변덕인 것 같다. 환락의 시간이 끝나면, 이 꽃들은 모두 어디로 가는가? 시든 꽃이 거름더미에 가차 없이 내던져지는 것보다 더 비참한 것은 없다.

왜 꽃들은 그리도 아름답게 태어났다가 그토록 불행해지는 걸까? 곤충은 쏠 수 있고, 짐승들 가운데서 가장 유약한 놈도 궁지에 몰리면 싸운다. 여자들의 모자를 장식하기 위해 목표가 된 깃털을 가진 새들도 추격자들로부터 날아서 멀리 벗어날 수 있다. 사람들이 몹시 외투로 만들어 입고 싶어 하는 부드러운 털을 가진 짐승들은 사람들이 접근하자마자 숨을 수 있다. 오호라! 날개를 가진 유일한 꽃은 나비뿐, 다른 꽃들은 모두 파괴자 앞에서 속수무책이다. 그들이 죽음의 고통 속에서 비명을 지르더라도, 그들의 울부짖음은 굳은살이 박힌 우리의 귀에는 결코 이르지 않는다. 침묵으로 우리를 사랑하고 떠받

들던 것들에게 우리는 잔인하였지만, 그 무자비함 때문에 이들 최상의 벗들로부터 우리도 버림받을 때가 오리라. 야생화들이 해마다 줄어들고 있다는 사실을 알아챘는가? 현자들이 그들에게 사람들이 좀 더 사람다워질 때까지 떠나 있으라고 말했는지도 모른다. 그래서 그들은 하늘나라로 이주해갔을 것이다.

화초를 재배하는 사람들에게는 편들어주어도 될 것이다. 분재 화분을 만드는 사람은 전재剪栽하는 사람보다 훨씬 더 인간적이다.[3] 그가 물과 햇빛에 대해서 염려하고, 해충들과 싸우고, 서리를 끔찍하게 여기고, 싹이 너무 느리게 틔는 걸 보고 걱정하고, 이파리에서 윤기가 날 때에 미칠 듯이 기뻐하는 그런 모습을 보면 우리도 즐겁다. 동양에서 원예의 기술은 아주 오래 전부터 있었고, 시인이 사랑하고 가장 아꼈던 화초는 종종 이야기와 노래 속에 남아 있다.

당대唐代와 송대宋代에 도자기의 발달과 함께 화초를 담는 놀라운 그릇들이 만들어졌는데, 화분이 아니라 보석을 박은 궁전이었다. 꽃마다 시중을 들도록 특별한 시종이 파견되어 토끼털로 만든 부드러

---

3 일본인의 미의식 또는 일본문화의 한계는 늘 자연 상태를 동경하면서도 결코 거기에 이르지 못하였다는 데에 있다. 사실 분재든 전재든 꽃이나 나무에게는 똑같이 고통스러운 것이다. 다만 그걸 바라보는 인간이 각기 다르게 느끼고 인식할 뿐이다. 분재에 아무리 도교적 이상을 부여하더라도 그것은 역시 반도교적일 수밖에 없는 행위이다. 문명에 대한 인식과 달리 자연을 상대로 하는 인식에서는 자칫 인간적인 면을 자연적인 것과 동일시할 여지가 항상 있으므로 경계하고 조심하여야 한다.

운 솔로 그 잎을 씻었다. 모란은 성장盛裝한 아름다운 시녀가 목욕을 시켜주어야 하고, 겨울 매화는 창백하고 호리호리한 스님이 물을 주어야 한다고 적혀 있다. 일본에서 가장 대중적인 노오가쿠能樂[4] 가운데 하나인 『하치노키鉢の木』는 아시카가足利 시대에 지어졌는데, 가난한 무사의 이야기에 기초를 두고 있다. 그 무사는 몸서리칠 정도로 추운 밤에 행각하던 탁발승을 위해 불을 피울 땔감이 없어서 자신이 매우 아끼던 나무들을 베었다. 그 탁발승은 사실 다름 아닌 일본의 하룬 알 라시드Harun Al-Raschid[5]라 할 수 있는 호오죠오 토키요리北條時賴[6]였다. 무사는 그 희생으로 보상을 받았다. 이 오페라는 지금도 도쿄 관객의 눈물을 여지없이 짜낸다.

---

4 노오가쿠(能樂)는 일반적으로 노오(能)라고 하는데, 무로마치(室町) 시대에 완성된 가무극(歌舞劇)이다. 칸아미(觀阿彌, 1333~1384)와 제아미(世阿彌; 1363?~1443) 부자로 말미암아 융성하였는데, 특히 제아미가 노오에 유우젠(幽玄)의 미를 부여하여 상징적 예능으로 만들면서 체계화되었다. 일본의 미학이 잘 드러나는 예능 가운데 하나다.

5 하룬 알 라시드(Harun Al-Raschid, 763~809) : 압바스 왕조의 다섯 번째이며 가장 유명한 칼리프이다. 그는 786년부터 809년까지 재위하였는데, 『천일야화(千一夜話)』의 등장인물로도 널리 알려져 있다. 처음에 형 하디가 칼리프가 되면서 냉대를 받고 역경에 처하였으나, 형의 갑작스런 죽음으로 칼리프의 지위에 올랐다. 대외적으로는 무력을 통한 대 비잔틴 정책을 폈고, 대내적으로는 압바스 왕조에 대한 불만으로 일어난 여러 반란들을 진압하였다. 그러면서도 궁정에 학자와 문인들을 모아놓고 학술을 보호하고 장려하여 이슬람 문화의 꽃을 피우기도 하였다.

6 호오죠오 토키요리(北條時賴, 1227~1263) : 카마쿠라 중기의 막부 집권자. 1246년에 형 츠네토키(經時; 1224~1246)로부터 권력을 이양 받았다. 1256년에 물러나서 출가하여 사이묘오지(最明寺)의 수행자가 되었지만, 실권을 계속 장악하고 있었다. 여러 지방을 돌면서 약자를 구제하였다는 전설이 있다.

가냘픈 꽃들을 보호하기 위해 대단한 조치가 취해졌다. 당 현종玄宗은 새들이 접근하지 못하도록 정원의 나뭇가지마다 작은 황금 방울들을 매달아놓았다. 봄이면 궁중의 악사들을 데리고 나와 부드러운 음악으로 꽃들을 기쁘게 해준 이도 그였다. 일본의 아더왕 이야기의 주인공 요시츠네義經[7]가 썼다고 알려져 있는 기묘한 표찰이 일본의 어떤 사원에 아직도 남아 있다. 그것은 매우 진귀한 매화나무를 보호하기 위해 걸어놓은 것으로, 호전적인 시대의 왠지 까닭모를 익살이 우리의 가슴을 친다. 피어난 꽃들의 아름다움에 대해 언급한 후에, 그 비문은 이렇게 쓰고 있다.

"가지를 하나 꺾으면 손가락을 하나 베리라."

바라노니, 오늘날에도 제멋대로 꽃을 꺾거나 예술품을 못 쓰게 만드는 자에게는 그런 법이 집행되기를!

그러나 분재꽃들의 경우에도 우리는 인간의 이기심에 의심의 눈초리를 주지 않을 수 없다. 왜 그 화초들을 제 고향에서 빼앗아 와서는 낯선 환경 속에서 꽃을 피우라고 강요하는가? 새를 새장에 가두어

---

7 미나모토노 요시츠네(源義經, 1159~1189)를 가리킨다. 카마쿠라(鎌倉) 전기의 무장(武將)으로, 요리토모(賴朝, 1147~1199)와는 배다른 형제이다. 헤이지(平治)의 난(1159) 후에 쿠라마지(鞍馬寺)에 흘러들어갔다. 1180년에 요리토모가 거병하였을 때에 그 군대에 참가하여 다이칸(代官)으로서 칸토오(關東) 무사를 거느리고 상경하여 미나모토노 요시타카(源義仲, 1154~1184)와 헤이지(平氏) 일문을 쳤다. 지역 주민에 대한 철저한 군사동원과, 당시의 전법을 도외시한 전법으로 연전연승하였다.

놓고서 노래하고 짝짓기를 하도록 강요하는 것과 같지 않은가? 온실 속에서 인공적인 열기로 숨이 턱턱 막히는 걸 느끼면서 제가 살았던 남쪽 하늘을 힐끗 보려고 절망적으로 열망하는 난초의 속을 누가 알겠는가?

꽃들의 이상적인 연인은 꽃들의 고향으로 찾아가는 사람이다. 부서진 대나무 울타리 앞에 앉아서 들국화와 얘기를 나눈 도연명陶淵明,[8] 땅거미가 질 때에 서호西湖[9]의 매화 사이를 소요하다가 그윽한 향기에 취해서 자신을 잊어버린 임화정林和靖[10] 같은 사람 말이다. 배 안에서 잠을 자다가 자신의 꿈과 연꽃의 꿈이 뒤섞여버렸다고 하는 주무숙周茂叔[11]도 있다. 나라奈良 시대에 가장 유명한 사람 가운데 하나

---

8 도연명(陶淵明, 365~427) : 중국 진(晉)나라 때의 시인이다. 하급 귀족의 가난한 집안에 태어나 학문에 힘써 여러 벼슬을 거쳤으나, 41세 때에 "내 어찌 다섯 말의 쌀(현령의 봉급) 때문에 허리를 굽혀 향리의 소인을 대하리오?"라는 유명한 말을 남기고 현령의 직을 팽개침으로써 벼슬살이에 종지부를 찍었다. 그리고는 전원으로 돌아가는 심경을 토로하였는데, 이것이 유명한 「귀거래사(歸去來辭)」이다. 그는 수많은 시와 부(賦)를 남겼다. 은둔한 처사의 삶을 뛰어난 감각으로 노래한 최초의 시인이다. 본문에서 언급한 것은 다음의 시다. "동쪽 울타리 아래 국화 꺾으며, 저 멀리 남산 바라보네.(採菊東籬下, 悠然見南山.)"(「음주시(飮酒詩)」

9 서호(西湖)는 중국 저장성(浙江省) 북부 항저우시(杭州市) 서부에 있는 호수. 쳰탕호(錢塘湖)·시쯔호(西子湖)라고도 한다.

10 임화정(林和靖) : 송대(宋代)의 은사(隱士)로, 서호의 고산(孤山)에 머물렀고, 매화와 학을 사랑하였다고 한다.

11 주무숙(周茂叔; 1017~1073) : 북송대의 사상가인 주렴계(周濂溪)이다. 무숙은 그의 자이고, 염계선생이라고 일컬어진다. 살아 있는 동안에는 무명에 가까웠으나, 후에 주희가 그의 학문을 칭송함으로써 송학(宋學)의 개조가 되었다. 『태극도(太極圖)』, 『태극도설(太極

인 코오묘오光明[12] 황후의 마음을 움직인 것과 같은 정신인데, 그녀는 이렇게 노래하였다.

> 내 그대를 꺾으면
> 내 손이 그대를 더럽히지.
> 오, 꽃이여!
> 그대처럼 나도 들판에 서서
> 과거와 현재와 미래의 부처님께
> 그대를 바치리.[13]

그러나 지나치게 감상적으로 되지는 말자. 좀 덜 사치하고 좀 더 숭고해지자. 노자가 말하였다, "하늘과 땅은 어질지 않다"라고.[14] 코

圖說)』, 『통서(通書)』, 「애련설(愛蓮說)」 등을 지었다. 여산(廬山) 연화봉(蓮花峯) 아래에 살았다고 한다.

12 코오묘오(光明, 701~760) : 쇼오무(聖武) 천황의 황후다. 쇼오무가 황태자일 때에 궁궐에 들어갔고, 즉위하자 부인이 되었다. 729년에 황족 이외의 여인으로서 처음으로 황후가 되었다. 코오켄(孝謙) 천황이 즉위하자 황후 궁직(宮職)을 개편하여 자미중대(紫微中台)에서 권력을 집중하여 사실상 천황 대권을 장악하였다. 불교를 깊이 믿어 대규모의 사경(寫經) 사업을 벌였고, 코쿠분지(國分寺) 건립과 대불(大佛) 조성에도 힘썼다. 또 사회구제 사업에도 진력하였다.

13 원래의 시는 다음과 같다. "わがために花は手折らじされどただ三世の諸佛の前にささげん."

14 『도덕경』 5장에 나온다. "天地不仁."

오보오弘法(774~835)[15] 대사는 이렇게 말하였다.

> 흐르고 흐르고 흐르고 흐르노니,
> 삶의 흐름은 멈추지 않는다네.
> 죽고 죽고 죽고 죽노니,
> 죽음은 누구에게나 찾아온다네.[16]

어디로 고개를 돌리든 파괴는 우리와 마주하고 있다. 아래에도 위에도 파괴, 앞에도 뒤에도 파괴. 변화야말로 유일한 영원이다. 왜 죽음을 삶처럼 기쁘게 맞이하지 않는가? 죽음과 삶은 서로 한 짝일 뿐이다. 브라마Brahma[17]의 낮과 밤처럼. 낡은 것이 무너짐으로써 재창조가 이루어진다. 우리는 자비의 무자비한 여신인 죽음을 갖가지 이

---

15 코오보오(弘法): 쿠우카이(空海, 774~835)를 가리킨다. 헤이안(平安) 전기의 진언종(眞言宗) 개조이다. 어려서 『대학(大學)』 등 경전과 사서, 문장 등을 배웠으나, 이윽고 불교에 눈을 떴다. 804년에 견당사(遣唐使)와 함께 당나라에 들어가서 혜과(惠果)에게서 밀교를 배웠다. 822년에 토오다이지(東大寺) 남원(南院)에서 관정(灌頂) 도량을 설립하였다. 832년부터 코오야잔(高野山)에 은거한 후에 진언종의 기반을 완성하였다. 한시(漢詩)와 서도(書道)에서 탁월하였다.

16 쿠우카이의 『히조오호오약쿠(秘藏寶鑰)』 서문에 비슷한 구절이 나오는데, 의미는 조금 다르다. "태어나고 태어나고 태어나고 태어나노니, 어두운 삶이 시작되네. 죽고 죽고 죽고 죽노니, 아득한 죽음 끝나도다.(生生生生暗生始, 死死死死冥死終.)"

17 브라마(Brahma)는 힌두교의 창조신으로, '범천(梵天)'이라 한역된다. 우파니샤드 사상의 최고원리인 '브라만'(中性形)을 신격화한 것이다. 브라마는 브라만의 남성형이다.

름으로 숭배해왔다. 배화교도拜火教徒[18]가 불 속에서 마중한 것은 모든 걸 삼켜버리는 그림자였다. 신토神道의 일본이 오늘날에도 엎드려 복종하는 것은 검혼劍魂의 얼음 같은 순결이다. 그 신비의 불은 우리의 나약함을 태워버리고, 성스러운 칼은 번뇌를 베어버린다. 잿더미 속에서 거룩한 희망의 불사조가 날아오르고, 자유에서 더욱더 숭고한 인격이 실현된다.

세상 사람들의 생각을 기품 있게 해줄 새로운 꼴을 끌어낼 수 있다면, 꽃을 파괴할 수도 있지 않겠는가? 우리는 단지 아름다움에 바치는 우리의 희생에 동참해 달라고 꽃들에게 부탁할 뿐이다. 우리는 우리 자신을 순결과 소박함에 바치는 행위를 통해서만 속죄할 수 있다. 이러한 논리로 차의 대가들은 꽃을 숭배하는 의식을 제정하였다.

차와 꽃의 대가들이 하는 방식을 잘 아는 사람이라면 누구나 그들이 종교적 외경심으로 꽃을 대한다는 것을 틀림없이 알았을 것이다. 그들은 멋대로 꽃을 따지 않는다. 그들의 마음에 두고 있는 예술적 구도에 맞게 큰 가지나 잔가지를 조심스럽게 고른다. 그들은 꼭 필요한 것을 넘어서 자르기라도 하면, 매우 수치스럽게 생각한다. 이와 관련

---

18 조로아스터를 개조로 하는 종교, 즉 조로아스터교를 믿는 신도를 가리킨다. 본래 조로아스터교는 사원이나 우상의 건립을 인정하지 않았으나, 차츰 문명화되면서 사원도 건립하게 되었다. 그때 사원의 성소에 일상생활이나 제의에 없어서는 안 될 불을 성별(聖別)하여 영원히 꺼지지 않는 불로서 안치하고 예배의 대상으로 삼았기 때문에 배화교(拜火教)라고도 부르게 되었다.

해서 해둘 말은, 그들은 잎만 있으면 항상 꽃을 연관 지어 생각한다는 점이다. 왜냐하면 그들의 목적은 꽃의 삶이 지닌 아름다움을 온전하게 드러내는 것이기 때문이다. 다른 방면에서도 마찬가지이지만, 이런 점에서 그들의 방법은 서양의 여러 나라에서 추구하는 것과는 다르다. 그들 나라에서 우리는 꽃자루뿐인, 말하자면 몸통이 없는 머리만이 꽃병에 난잡하게 꽂혀 있는 걸 쉽사리 보게 된다.

차의 대가는 꽃을 만족하게 꽂았을 때에 일본 방에서 영예의 자리인 토코노마에 놓는다. 그것이 연출하는 효과에 방해가 될 수 있는 것은 근처에 아무 것도 두지 않는다. 그 배합에 꼭 맞는 특별한 심미적 이유가 없다면, 그림조차도 두지 않는다. 꽃은 거기서 왕좌에 오른 왕자처럼 쉰다. 그 방에 들어선 손님이나 제자들은 주인에게 인사를 하기 전에 먼저 꽃에게 허리를 숙여 예를 표한다. 꽃의 걸작품을 베낀 선화線畫들이 애호가들을 계발시키기 위해 출판되고 있다. 그런 주제를 다룬 문학 작품들도 매우 많다. 꽃이 시들면, 대가는 측은한 마음으로 강물에 띄워 보내거나 조심스럽게 땅에 묻는다. 때때로 추모하기 위해 기념비를 세우기도 한다.

꽃꽂이 예술은 15세기에 다도와 거의 동시에 탄생한 것 같다. 전설은 최초의 꽃꽂이를 초기의 불교 성자들에게 돌린다. 그들은 폭풍으로 흩뿌려진 꽃들을 모아서 모든 살아 있는 것들에 대한 한없는 애정으로 물그릇에 고이 담았다. 아시카가 요시마사足利義政[19] 시대의 화가이자 감정가였던 소오아미相阿彌[20]는 가장 초기의 꽃꽂이 전문가 가운데 한 사람으로 알려져 있다. 차의 대가인 슈코오는 그의 제자 가운데 한 사람이었고, 그림의 카노오狩野[21] 집안처럼 꽃의 연대기에서 두드러진 이케노보노池坊 집안의 센노오專應(1482~1543)[22] 역시 그의 제자였다.

리큐우에게서 다법이 완성되면서 16세기 후반에는 꽃꽂이도 완전히 성장하기에 이른다. 리큐우와 그 후계자들, 유명한 오다 우라쿠織田有樂,[23] 후루다 오리베古田織部,[24] 혼아미 코오에츠本阿彌光悅,[25] 코보

---

19 아시카가 요시마사(足利義政, 1436~1490) : 무로마치 막부의 8대 쇼오군(1449~1473)이다.

20 소오아미(相阿彌, ?~1525) : 아시카가 요시마사를 섬겼던 도오보오슈(同朋衆; 쇼오군이나 다이묘의 측근으로 있으면서 중국 물건의 감정이나 관리 등을 맡은 자를 일컫는 말)다. 쇼오군가에 소장되어 있던 서화(書畵)의 감정을 맡았으며, 렌가(連歌)에도 뛰어났다. 화가로서도 뛰어나 남송(南宋)의 선승(禪僧)인 목계(牧谿)의 산수화를 기초로 독자적인 화풍을 열기도 하였다. 저서에 『쿤다이칸소오쵸오키(君台觀左右帳記)』가 있다.

21 카노오(狩野)는 에도(江戶) 시대의 대표적인 화가 집안이다.

22 센노오(專應, 1482~1543) : 센고쿠(戰國) 시대에 꽃꽂이를 조형예술로 승화시키고, 이케노보오(池坊) 집안이 꽃꽂이계의 주류가 되는 계기를 마련한 인물이다. 만년에 지은 『이케노오보센노오쿠덴(池坊專應口傳)』은 대대로 계승되었다.

23 오다 우라쿠(織田有樂, 1547~1621) : 노부나가(信長)의 아우다. 노부나가의 패업을 이었으나, 혼노오지(本能寺)의 변 후에 형의 부하였던 히데요시를 따랐고, 출가하였다. 1615년 오오사카 여름 전투 직전에 교토에 은거하였다. 센노리큐우의 제자로, 다도 유라쿠류(有樂流)의 개조가 되었다.

24 후루다 오리베(古田織部, 1544?~1615) : 다이묘오(大名) 차인이다. 처음에 오다 노부나가를 섬겼고, 후에 히데요시를 좇아 여러 전투에서 활약하였다. 토쿠가와(德川) 막부의 2대 쇼오군인 히데타다(秀忠)의 다도사범이 되었다. 차인으로서는 무가(武家) 취향의 동적인 다도를 선보였다. 오오사카 여름 전투에서 히데요시 쪽과 내통했다는 혐의를 받고 할복하였다.

리 엔슈우小堀遠州, 카타기리 세키슈우片桐石州(1605~1673)²⁶ 등은 새로운 배합을 만들어내려고 서로 경쟁하였다. 그러나 차의 대가들이 꽃을 숭배하는 것은 단지 그들의 심미적 의식의 일부일 뿐, 그 자체가 독자적인 종교가 된 것은 아니었다. 다실에 있는 다른 예술 작품들처럼 꽃꽂이는 장식의 전체적인 구도에 종속되는 것이었다. 그래서 세키슈우는 뜰에 눈이 내렸을 때에는 흰 매화꽃을 사용해서는 안 된다고 규정하였던 것이다. 요란한 꽃들은 가차 없이 다실에서 추방되었다. 차의 대가에 의한 꽃꽂이는 원래 의도했던 곳에서 치워버리면 그 의미를 잃어버린다. 그 선과 비율이 주위와 어울리게끔 각별하게 계획되었기 때문이다.

꽃 자체를 위한 꽃의 숭배는 17세기 중반 꽃꽂이 대가들의 등장과 함께 시작되었다. 그러면서 다실과 독립되었고, 꽃병이 강요하는 것 이외에는 전혀 법칙이 없어졌다. 새로운 구상과 제작 기법이 이제는

---

25 혼아미 코오에츠(本阿彌光悅, 1558~1637) : 칸에이(寬永) 문화를 이끌었던 중심적 인물 가운데 한 사람이다. 예술에 뛰어난 재능이 있었는데, 특히 독자적인 서법(書法)을 완성하여 후에 코오에츠류로 일컬어졌다. 도자기에서도 탁월한 감각을 발휘하여 독특한 양식을 성립시켰다.

26 카타기리 세키슈우(片桐石州, 1605~1673) : 에도 초기의 다이묘오(大名) 차인이다. 다도를 센노도오안(千道安)의 제자인 소오센(宗仙)에게서 배웠고, 코보리 엔슈우와 센노소오탄(千宗旦)과 교류하며 연마하였다. 토쿠가와의 4대 쇼오군 이에츠나(家綱)의 다도사범이 되어 류우에이(柳營) 다도를 확립하여 다이묘오 다도를 대성하였다. 이 유파는 에도의 무가 다도를 이끌었다.

가능해졌고, 거기에서 많은 원리와 유파가 생겨났다. 19세기 중반에 한 작가는, 일일이 세어 보니 백 개가 넘는 다양한 꽃꽂이 유파가 있었다고 말하였다. 대체로 말하면 이 유파들은 크게 둘로 나뉘는데, 형식주의와 자연주의가 그것이다. 이케노보노가 이끄는 형식주의 유파는 카노오의 전통주의에 상응하는 고전적 이상주의를 목표로 하였다. 우리는 이 유파의 초기 대가들이 남긴 꽃꽂이 기록을 가지고 있는데, 거의가 산세츠山雪[27]와 츠네노부常信[28]의 꽃그림을 재생한 것이었다. 반면에 자연주의 유파는 그 이름 그대로 자연을 원형으로 받아들여서 통일성이 있는 미적 표현에 이바지할 수 있도록 형태에 변화를 주었을 뿐이다. 그리하여 우리는 그 유파의 작품에서 우키요에浮世繪[29]와 시죠오파四條派[30]의 그림을 구성하는 것과 똑같은 충동을 인지하게 된다.

---

27 카노오 산세츠(狩野山雪, 1590~1651) : 에도 초기의 화가. 카노오 산라쿠(狩野山樂)의 영향을 받아서 묘오신지(妙心寺) 텐큐우인쇼오(天球院障)의 벽화 등 기하학적인 구도를 사용하고 농밀한 색채를 쓴 개성적인 작품을 남겼다.

28 카노오 츠네노부(狩野常信, 1636~1713) : 에도 전기의 화가. 부친인 나오노부(尙信)를 이어 코비키쵸오(木挽町)의 당주(堂主)가 되었다. 그는 카노오가의 세력을 전국적으로 확고히 한 인물이다. 작품은 형식화를 지향한 탄유우(探幽) 양식을 명쾌하게 조직하였다.

29 우키요에(浮世繪)는 에도 시대에 세태나 풍속을 묘사한 민중적인 회화. 주로 에도에서 발달하였으므로 에도에(江戶繪)라고도 한다.

30 시죠오파(四條派)는 19세기에 형성된 일본의 회화 유파. 온화한 사실주의적 기법을 시의(詩意)와 함께 전개시켜 나갔다.

시간만 있다면, 토쿠가와 시대의 장식을 지배한 기본적인 원리를 보여주고 있는 이 시기의 다양한 꽃꽂이 대가들이 양식화한 구성과 세부 법칙에 완전히 들어가보는 것도 꽤 흥미 있는 일일 것이다. 그들이 주도적 원리(하늘), 종속적 원리(땅), 조화의 원리(사람)에 대해서 말하였음을 알게 될 것이다. 이런 원리를 구현하지 못한 꽃꽂이는 메마르고 죽은 것으로 여겨졌다. 또 세 가지 다른 꼴로 꽃을 다루는 방식인 정식正式, 반정식半正式, 약식略式 등의 중요성에 대해서도 상세하게 논의하였다. 정식은 무도회장의 성장盛裝한 꽃을, 반정식은 한낮에 입는 편안하면서 단정한 옷차림의 꽃을, 약식은 내실에서 입는 매력적인 평상복 차림의 꽃을 표현하는 것이라 할 수 있다.

우리는 그런 꽃의 대가들보다는 차의 대가들이 하는 꽃꽂이에서 개인적으로 공감을 한다. 차의 대가들이 꽂는 꽃은 적절한 배치에 의한 예술인데, 그것은 일상과 밀접한 관계에 있기 때문에 호소력이 있다. 이런 유파를 자연주의나 형식주의 유파와는 반대로 그냥 자연파라 부르고 싶다. 차의 대가는 꽃을 선택하는 데서 그들의 일은 끝났다고 생각하였고, 그 밖의 것은 꽃들 자신이 스스로 이야기하도록 내버려두었다.

늦겨울에 다실에 들어가면, 막 싹이 트기 시작하는 동백꽃과 어우러져 있는 야생 벚나무의 가느다란 잔가지를 볼 수 있다. 이는 이별하는 겨울의 메아리가 봄의 전조와 짝이 되어 있는 것이다. 푹푹 찌는 어느 여름날에 낮차를 마시러 들어가면, 어둡고도 시원한 토코노마에 매달려 있는 꽃병에 꽂힌 한 송이 백합을 발견할 수 있다. 방울져 떨어지는 이슬은 인생의 어리석음을 비웃는 것처럼 보인다.

꽃의 독주獨奏도 흥미롭지만, 그림이나 조각과 결합하여 들려주는 협주곡은 더욱 황홀하다. 세키슈우石州는 호수와 늪의 초목을 떠오르게 하려고 평평하고 납작한 물그릇에 약간의 수초를 놓아두고, 벽에는 하늘을 나는 들오리를 그린 소오아미相阿彌의 그림을 걸어 두었다. 또 다른 차의 대가인 죠오하絶巴[31]는 어부의 오두막집 모양을 한 청동향로와 해변의 들꽃을 해변의 쓸쓸함을 노래한 시와 결합시켰다. 손님 가운데 한 사람이, "전체의 구도 속에서 나는 저물어가는 가을의 숨소리를 느꼈다"라고 기록하였다.

꽃 이야기는 끝이 없다. 하지만 하나만 더 이야기하자.

16세기에 나팔꽃은 아직 일본에서는 진기한 식물이었다. 그런데 리큐우는 온 뜰에 그것을 심고 정성을 다해 가꾸었다. 그의 나팔꽃 명

---

31 죠오하(絶巴, 1525~1602) : 나라(奈良) 태생으로, 슈쿠케이(周桂)와 쇼오큐우(昌休)를 사사하였고, 산죠오니시 킨에다(三條西公條), 미요시 죠오케이(三好長慶, 1522~1564), 호소카와 유우사이(細川幽齋, 1534~1610) 등과 교류하였다. 40세 때에 렌가(連歌)의 일인자가 되었다. 센노리큐우에게서 다도를 배워 히데요시의 권속이 되었다.

성은 태합太閤 히데요시의 귀에까지 들어갔다. 히데요시가 꽃을 보고 싶다고 하자, 리큐우는 그를 자기 집의 아침 차에 초청하였다. 약속한 날에 히데요시는 그 뜰을 거닐었는데, 어디에서도 나팔꽃의 흔적을 볼 수 없었다. 땅은 평평하였고 고운 자갈과 모래가 뿌려져 있었다. 잔뜩 골이 난 폭군은 다실로 들어갔다. 거기에는 그의 기분을 완전히 누그러뜨릴 만한 구경거리가 기다리고 있었다. 토코노마에 송대의 작품인 진귀한 청동 그릇이 놓여 있었고, 거기에 나팔꽃 한 송이가 있었다. 아, 온 뜰의 여왕이!

그러한 예에서 우리는 꽃을 왜 바치는지, 그 의미를 충분히 알 수 있다. 아마도 꽃들은 그 의미를 충분히 인정할 것이다. 그들은 사람처럼 비겁하지 않다. 어떤 꽃들은 죽음을 영예로 안다. 바람에 자신을 기꺼이 내맡기는 일본의 벚꽃은 분명 그러하다. 요시노야마吉野山[32]나 아라시야마嵐山[33]의 그 향기로운 꽃사태 속에 서 본 사람이라면, 이를 분명히 실감할 것이다. 보석이 박힌 구름처럼 공중을 떠돌다가 수정처럼 맑은 개울 위로 춤추며 떨어진다. 그리곤 깔깔대며 웃는 물결을 따라 떠내려가면서 이렇게 말하는 것 같다.

---

32 요시노야마(吉野山)는 나라(奈良)에 있는 산으로, 벚꽃의 명소이다.
33 아라시야마(嵐山)는 교토 북서부의 니시쿄오(西京)구에 있는 낮은 산으로, 벚꽃과 단풍으로 유명하다.

잘 가거라, 오 봄이여!
우리는 영원으로 떠난다네.

일곱째 마당 ●

차의 대가

일곱째 마당 ●

차의 대가

종교에서는 미래가 우리 뒤에 있다. 예술에서는 현재가 영원이다.

차의 대가들은, 예술에 대한 참된 감상은 그 예술에서 생생한 힘을 길어내는 사람에게만 가능하다고 여겼다. 그리하여 그들은 다실에서 얻은 고도의 우아함으로 자신의 일상을 조율하려고 애썼다. 어떤 상황에서도 마음의 평정을 유지해야 하고, 대화는 절대로 주위의 조화를 망치지 않으면서 오고가야 한다. 옷매무새나 색깔, 몸가짐, 걸음걸이 등은 모두 심미적 개성을 표현하여야 한다. 이런 것들은 결코 가볍게 넘겨볼 수 없는 문제들이다. 왜냐하면 사람은 자신을 먼저 아름답게 만들기 전에는 아름다움에 다가갈 권리가 없기 때문이다. 그러므로 차의 대가들은 예술가 이상의 어떤 것, 즉 예술 그 자체가 되려고 무진 애를 쓴다. 그것이 심미주의의 선禪이다. 우리가 인지하려고만 한다면, 완전함은 어디에나 있다. 리큐우는 다음의 옛 시를 즐겨 인용하였다.

오로지 꽃만
기다리는 이에게
보여주리라
산마을의 눈 속에
피어난 꽃의 봄빛[1]

차의 대가들은 정말로 여러 방면에서 예술에 기여하였다. 그들은 고전적 건축과 내부 장식을 완전히 혁신하였고, 다실을 다룬 넷째 마당에서 설명한 새로운 양식을 정립하였다. 특히 그 양식은 16세기 이후에 세워진 궁궐과 사찰에도 영향을 끼치면서 주요한 주제가 되었다. 다재다능한 코보리 엔슈우는 카츠라桂의 이궁離宮[2], 나고야名古屋와 니죠오二條의 성, 코호오안孤篷庵[3] 등에 천재성이 발휘된 주목할 만

---

1 후지와라노 이에타카(藤原家隆, 1158~1237)의 시. "花をのみ待つらん人に山里の雪間の草の春を見せばや"
2 카츠라(桂)의 이궁은 교토의 카츠라마치(桂町)에 있는 궁궐이다.
3 코호오안(孤篷庵)은 교토 다이토쿠지(大德寺)의 탑두(塔頭)인 류우코오인(龍光院)의 자원(子院).

한 예들을 남겼다. 일본의 유명한 정원은 모두 차의 대가들이 설계한 것이다. 도자기에서도 마찬가지다. 차의 대가들이 그들의 영감을 빌려주지 않았더라면, 아마도 그토록 품질이 우수하지는 않았을 것이다. 다례茶禮에서 사용되는 다기의 제조에 자극을 주었으므로, 도공들도 최대한의 독창성을 끌어내어 발휘하였던 것이다.

엔슈우의 일곱 가마[4]는 일본 도자기 연구자들에게 널리 알려져 있다. 일본의 직물에는 그 색깔이나 의장을 고안해낸 차의 대가들의 이름이 붙어 있는 것이 많다. 사실 차의 대가들이 그들 천재성의 흔적을 남기지 않은 예술 분야를 찾기란 거의 불가능하다. 회화와 옻칠에서 그들이 끼친 이루 헤아릴 수 없는 공헌은 언급하는 것 자체가 불필요하다. 가장 위대한 회화 유파 가운데 하나는 그 기원에서 차의 대가였던 혼아미 코오에츠本阿彌光悅에게 빚을 지고 있는데, 혼아미는 옻칠장이와 도공으로도 명성이 높았다. 그의 작품에 비하면, 손자인 코오호光甫[5]와 조카의 아들인 코오린光琳[6] 및 켄잔乾山[7]의 눈부신 창작

---

4 엔슈우의 일곱 가마는 엔슈우가 다도에 적합한 도자기를 굽게 해서 나온, 젠쇼야키(膳所燒)·이가야키(伊賀燒)·아사히야키(朝日燒)·아카하다야키(赤膚燒)·시고로야키(志戸呂燒)·타카도리야키(高取燒)·아가노야키(上野燒) 등이다.
5 코오호(光甫, 1602?~1682) : 혼아미코오사(本阿彌光瑳)의 아들로, 가업인 도검감정(刀劍鑑定)에 빼어났다. 라쿠야키(樂燒)를 만들어서 다완을 남겼으며, 회화에서도 뛰어나「藤·牧丹·楓」의 세 폭 한쌍이 유명하다.
6 코오린(光琳, 1658~1716) : 오가타 코오린(尾形光琳)이다. 화풍은 대담한 공간 구성이나 선명한 색채에 의한 의장성(意匠性)을 특징으로 하고, 염직(染織)이나 마키에(蒔繪; 금이

은 거의 빛을 잃는다. 대체적으로 말하자면, 모든 코오린 유파는 다도를 표현하였다. 이 유파의 큰 줄기에서는 자연 자체의 활기를 발견할 수 있다.

차의 대가들이 예술에 끼친 영향이 대단하다고는 해도, 삶의 양식에 끼친 영향에 비하면 아무 것도 아니다. 귀족 사회의 관례慣例에서뿐만 아니라 우리의 모든 사소한 일상에서까지 차의 대가들의 존재를 느낄 수 있다. 음식을 대접하는 방식뿐만 아니라 맛좋은 요리를 만드는 법까지 많은 것이 그들의 발명이다. 그들은 수수한 빛깔의 옷만 입으라고 가르쳤다. 꽃에 다가갈 때에는 참된 정신을 지니라고 일깨워주었다. 우리는 본래 소박함을 사랑했다는 것을 강조하였고, 인정의 아름다움도 보여주었다. 사실 그들의 가르침을 통해 차는 사람들의 삶으로 들어왔다.

우리의 삶은 어리석음이 빚어내는 거친 고해苦海다. 이 괴로움의 바다에 놓인 자신을 적절하게 조율하는 비법을 모르는 사람들은 끊임없이 끔찍한 상황 속에 놓이고, 그저 헛되이 행복한 듯이 만족한 듯이 보이려고 애쓸 따름이다. 우리는 정신적 평정을 유지하려다가

나 은가루로 칠기 표면에 무늬를 넣는, 일본 특유의 미술 공예) 등의 공예에 커다란 영향을 끼쳤다.

7 켄잔(乾山, 1663~1743) : 코오린의 아우다. 처음에는 형 코오린이 한, 도자기에 그림이나 무늬를 그려 다시 굽는 일에 참가하였는데, 그것을 응용한 켄잔야키(乾山燒)는 일세를 풍미하였다. 회화에 주력하였으며, 문인도공으로서 화가로서 살았다.

비틀거리고는 오히려 수평선 위로 떠다니는 구름들 속에서 폭풍의 전조를 본다. 그러나 영원을 향해 휩쓸고 가는 거대한 파도 속에는 즐거움과 아름다움이 있다. 어째서 그런 기운 속으로 들어가지 않는 걸까? 어째서 열자列子처럼 태풍 자체를 타려고 하지 않는 걸까?

아름다움과 함께 살았던 사람만이 아름답게 죽을 수 있다. 위대한 차인의 마지막 순간들은 그들의 삶이 그러했던 것처럼 우아함과 고상함으로 가득하였다. 언제나 우주의 거대한 율동과 조화되려고만 했던 그들은 미지의 세계로 들어갈 준비가 이미 되어 있었다. '리큐우의 마지막 챠노유우'는 장엄한 비극의 극치로서 그 이름을 영원히 남길 것이다.

리큐우와 태합 히데요시의 우정은 오래된 것이었고, 위대한 무사는 차의 대가를 지극히 존경하였다. 그러나 폭군의 우정이란 언제나 위험한 경의다. 배신으로 가득한 시절이라 가장 가까운 친척조차도 믿지 못하였다. 리큐우는 비굴한 알랑쇠가 아니었기 때문에 그 사나운 후원자와 감히 의견을 달리하곤 하였다. 한동안 히데요시와 리큐우 사이에 있었던 냉담함을 이용하여 적들은 리큐우가 폭군을 독살하려는 음모에 연루되었다고 무고하였다. 차의 대가가 준비한 초록색 음료 한 잔에 치명적인 독을 넣어 마시게 할 것이라는 말이 히데요시의 귀에 들어갔다. 히데요시에게는 그런 혐의만으로도 즉각적인 처형을 명할 만한 근거가 되었으므로, 그 성난 통치자의 뜻에 호소할

길은 없었다. 이제 사형수에게 주어진 유일한 특권은 제 손으로 죽을 수 있는 영예였다.[8]

　어느 날, 스스로 죽어야 할 운명에 처한 리큐우는 마지막 다례를 행하려고 수제자들을 초대하였다. 정해진 시각이 되자, 슬픔에 잠긴 손님들이 대합실에 모였다. 그들이 노지를 내다보니, 나무들은 진저리를 치는 것 같고, 잎들이 내는 살랑거림은 떠도는 망령들의 속삭임같이 들린다. 명부冥府의 문을 지키는 엄숙한 보초처럼 잿빛 석등이 서 있다. 진귀한 향의 물결이 다실에 감돌고 있고, 손님들은 들어오라는 전갈을 받는다. 한 사람씩 나아가서 각자 자리에 앉는다. 토코노마에는 족자가 걸려 있는데, 거기에는 "모든 세속사는 덧없다"는 글이 옛 고승의 놀라운 필치로 쓰여 있다. 화로에서 끓고 있는 탕관의 노랫소리는, 떠나는 여름을 애통해하며 쏟아내는 매미의 울음처럼 울린다. 곧이어 주인이 들어온다. 한 사람씩 차례로 차를 대접받고, 차례로 잔을 비우고, 마지막에 주인이 잔을 비운다. 정해진 예법에 따라서 주된 손님이 다기를 살펴볼 수 있게 해달라고 주인에게 청한다. 리큐우는 그들 앞에 족자와 함께 각양각색의 물건을 내어놓는다. 그들이 모두 그것들의 아름다움을 예찬하자, 리큐우는 모여 있는 그

8　할복을 가리키는데, 셋푸쿠(切腹)라고도 한다. 이는 본래 헤이안 시대 이후에 무사의 자살 방법으로 행해지던 것이었는데, 에도 시대에는 무사에게 내려진 사형으로서 형식이 정돈되고, 참수보다 영예로운 것이 되었다.

들 각자에게 다기를 하나씩 증표로서 선물한다. 찻사발만은 그가 간직한다.

"불행의 입술에 더럽혀진 이 잔을 누구도 사용할 수 없게 하리라."

이렇게 말한 리큐우는 그 찻잔을 부수어 산산조각을 냈다.

다례는 끝났다. 눈물을 간신히 억누르고 있던 손님들은 마지막 인사를 하고 다실을 나섰다. 한 사람만, 가장 가깝고 친한 한 사람만 남아서 마지막을 지켜봐 달라는 요청을 받았다.[9] 리큐우는 그제야 차옷을 벗어서 조심스럽게 다다미 바닥에 개켜 놓았다. 그러자 이제까지 감추어져 있던 깨끗한 흰 수의가 드러났다. 죽음으로 이끌 단도의 빛나는 칼날을 그윽하게 바라보던 리큐우는 절묘한 시로써 작별을 고하였다.

오라, 그대
영원의 칼이여!
부처를 죽이고

---

9 무사가 할복을 할 때에는 반드시 뒤에 한 사람이 선다. 그를 카이샤(介者)라 하는데, 이 사람은 할복한 사람의 목을 쳐서 편안하게 숨을 거둘 수 있게 도와주는 역할을 한다. 본문에서 한 사람에게 남아달라고 한 것은 그에게 카이샤의 역할을 해달라는 것이다.

달마를 죽였듯이 그대는

그대의 길을 갈랐도다![10]

얼굴에 엷은 웃음을 띤 리큐우는 미지의 세계로 떠났다.

10 리큐우가 1591년 2월 25일에 세상을 떠나면서 남긴 노래인데, 원문은 다음과 같다. "인생
칠십, 힘들고도 드물도다! 내 이 보검으로 조사와 부처 모두 죽이리. 드노라, 내 지니고 있
던 한 자루 칼. 바로 지금 하늘로 던지노라.(人生七十, 力囲希咄! 吾這寶劍, 祖佛共殺. 提
我得具足の一太刀. 今此時ぞ天に抛つ.)"

다도(茶道),
그 이상과 실상의 거리

다도(茶道),
그 이상과 실상의 거리

정천구

1. 일본 메이지유신(明治維新)의 이중성

타카시 해안의 소나무들

아무리 명성이 드높아도

역사의 거대한 조류에서

피해갈 수는 없으리라.[1]

---

1 『오오쿠보 토시미치 문서(大久保利通文書)』 9(일본사적협회총서 36), 동경대출판회, 1969.

일본 메이지(明治; 1868~1912) 초기 10여 년 동안 실질적인 정치권력을 행사하였던, 사츠마(薩摩)의 지도자 오오쿠보 토시미치(大久保利通; 1830~1878)가 어느 날 오오사카(大阪) 근처의 해안에서, 아름다움을 자랑하던 소나무 숲을 물끄러미 바라보다가 읊은 시다. 이 시에는 근대화 또는 서구화라는 세계사적 조류에서 일본도 피해갈 수 없다는 급박함이 잘 드러나 있다.

당시 일본의 문명 개화 정책은 곧 서구화와 동의어였다. 일본을 압박하고 있던 서구 열강의 힘은 곧 문명화의 구체적인 표현으로 여겨지고 있었다. 오오쿠보 자신의 표현을 빌자면, "현재 세계의 모든 나라는 문명 개화라는 가르침을 펴는 데에 모든 노력을 기울이고 있으며, 그들에게는 아무런 부족함이 없다. 그러므로 이러한 점에서 우리는 그들을 본받아야 한다"[2]는 것이었다.

그러나 1860년대 일본은 그야말로 내우외란(內憂外亂)을 겪고 있었다. 무엇보다 조정을 둘러싼 복잡한 정쟁은 오오쿠보로 하여금 "조정에는 수백 년 이래의 인순(因循)으로 썩은 냄새가 사라지지 않는다"[3]는 말을 내뱉게 할 만큼 정세를 심각한 상황으로 몰고 갔다. 이 과정에서 막부 타도를 외치는 토막파(討幕派)가 형성되었고, 결국 1868년

---

2 『오오쿠보 토시미치 문서(大久保利通文書)』 3.

3 『오오쿠보 토시미치 문서(大久保利通文書)』 2.

12월 9일 새벽에 조정의 혁신을 꾀하던 이와쿠라 토오미(岩倉具視), 토막파인 사츠마번의 오오쿠보와 쵸오슈우번(長州藩)의 키도 타카요시(木戸孝允; 1833~1877) 등이 합작하여 왕정복고의 쿠데타가 결행되었다. 이리하여 새로운 정권이 들어섰고, 메이지유신은 시작되었다.

그런데 내란을 종식시키고 개화정책을 추진하기 위해 결행한 메이지유신은 "더욱 새롭게 하는" 유신(維新)일 뿐, 결코 "구태를 완전히 바꾸는" 혁명(革命)은 아니었다. 구체제의 중심에 서 있던 막부를 타도하기는 했으나, 천황을 과감하게 버리지는 못하였던 것이다. 막부가 낡은 시대를 상징하는 것이었다면, 천황 또한 그러하였다. 실질적인 권력을 행사하지 않았다고 해서 혁신의 대상이 되지 않는 것은 아니었음에도 말이다. 왕정복고의 쿠데타였던 메이지유신은 유명무실했던 천황에게 실질적인 권력을 부여하였다.

메이지유신이 단행되던 해에 메이지 천황은 고작 16세 소년이었다. 그런 그를 유신정부는 능동적인 군주로 길러내려고 하였고, 오오쿠보가 죽은 후 천황은 더 이상 전통적 천황이 아니었다. 카마쿠라(鎌倉) 막부 이후로 꼭두각시처럼 앉아 있던 천황에서 정부 내의 의견대립을 조정하고 최종결정을 내리는 존재로 탈바꿈하였다. 그런 천황의 존재를 국민들에게 각인시키기 위해 유신정부는 일련의 정책을 꾀하였다. 1873년에 황실을 축으로 한 축제일 제정, 1880년 천황에 대한 비판을 봉쇄하기 위해 마련된 불경죄(不敬罪) 제정, 1890년 충군

애국(忠君愛國) 사상을 서술한 「교육칙어(教育勅語)」 발표 등등.

　유신정부가 추진한 정책들은 결국 일본의 근대화가 매우 이중적일 수밖에 없음을 드러내는 것이었다. 유신정부가 천황의 권위를 강화하기 위해 추진한 정책 가운데 하나로 신토(神道)의 국교화가 있었다. 신토를 국교로 삼는 데에는 외세를 상징하는 크리스트교 침입을 막자는 의도도 작용하였다. 결국 불교 세력의 저항, 신토의 교의를 둘러싼 종파간의 내분, 크리스트교 탄압에 대한 구미제국의 항의 등으로 말미암아 신토의 국교화는 잘 진전되지 못하였고, 결국 의례로서 숭상하게끔 방침을 변경하는 데에 그쳤다. 그렇다고 해서 천황의 권력 강화가 중단된 것은 아니었고, 또한 메이지유신이 올바른 방향을 잡은 것도 아니었다.

　유신정부의 기본노선은 분명 서구화였다. 그럼에도 1870년대 말 언론계의 주류를 이룬 자유민권사상을 탄압하였을 뿐 아니라 이에 대항하기 위해서 전통적 유교사상을 제창하였다. 이 유교사상은 에도 막부가 중앙집권의 강화를 위해 채용한 것으로, 핵심은 신분제도의 공고화와 맹목적인 충성을 요구하고 정당화하는 것이었으므로 이 또한 메이지유신의 이중성을 드러낸 일이었다. 이는 결국 서구화 내지는 근대화가 온전하게 이루어지기 전인 1880년대 후반이 되었을 때, 일본 전통의 가치를 높이 평가하는 내셔널리즘의 고조로 이어진다. 내셔널리즘의 절정은 메이지헌법의 제정이라 할 수 있다.

1888년 초안을 완성한 메이지헌법은 추밀원(樞密院)의 심의를 거친 뒤 1889년 2월에 천황이 정한 헌법으로서 발포되었다. 이 헌법의 제정 의도는 군권을 강화하고 민권을 약화시키는 데에 있었다. 천황이 주권자가 되었을 뿐 아니라, 통수권, 긴급칙령권, 외교권 등 강력한 대권이 부여되었다. 내각의 대신을 천황이 자유롭게 임명할 수 있고, 그들은 국회가 아니라 천황에게만 책임을 지게 되어 있었다. 이는 근대의 정당내각제를 부정하는 것이었다. 이러한 천황제는 영국이 왕권을 제한하면서 왕을 의례적인 존재로 한정지은 경우와는 사뭇 다르다.

결국 메이지유신은 일본을 중세라는 닫힌 시간과 섬이라는 폐쇄된 공간에서 벗어나지 못하게 하는, 그야말로 소극적이고 이중적인 유신일 뿐이었다. 더욱 결정적인 것은 일본이 보편적인 국민국가로 성장하는 데에 강력한 장애로 작용하였다는 점이다. 물론 현재의 천황이 형식적인 존재에 불과하다고 말할지도 모르나, 그것은 드러난 것만을 보고 말하는 것이다. 여전히 보이지 않는 곳에서 일본의 정치와 일본정신의 축으로 구실하고 있는 존재는 천황이다. 그리고 그 천황은 메이지유신의 이중성을 고스란히 안고 있는 존재다. 중세에 막부가 천황의 존재를 철저하게 부정하지 못한 것과 무엇이 다른가? 이런 점에서 메이지유신은 결코 혁명도 혁신도 아니다. 유신일 뿐이다.

메이지유신이 결국 이런 한계를 지닌 채 추진될 수밖에 없었던 것은 그만큼 자신에 대한 철저한 반성이 결여된 상태에서, 내우외환을 종식시키고 부국강병을 이룩하는 데에만 골몰했기 때문이다. 그 결과 군사적 영광은 누릴 수 있었지만, 정치적·사회적·문화적 영광은 누리지 못하였다. 아니 군사적 영광조차 오래가지 못하였으니, 결국은 제대로 누린 영광은 없었다고 해야 할 것이다. 그토록 강력하게 추진하였던 탈아입구(脫亞入歐)도 실패하여, 아시아와 서구 어디에도 속하지 않는 어정쩡한 존재가 되어버린 것도 바로 이 때문이다. 그만큼 일본의 근대화에는 맹점이 있었고, 그 맹점은 이중적 성격에서 기인한 것이었다. 바로 그러한 이중성이 일본의 서구화를 주창한 대표적인 지식인이었던 오카쿠라 텐신(岡倉天心)의 사유에서도 드러난다.

2. 오카쿠라 텐신(岡倉天心), 낭만적 사상가

일본의 대표적인 개화 지식인을 든다면, 당연히 후쿠자와 유키치(福澤諭吉; 1834~1901)일 것이다. 후쿠자와는 일본이 문명개화에 온 힘을 기울이던 시절에 "서구문명의 온갖 카테고리를 놀랄 만한 정도로 교묘하게 일본어 문맥 속으로 옮겨놓음으로써"[4] 유럽과 일본의 가장

---

4 마루야마 마사오, 박충석·김석근 공역, 『충성과 반역』, 나남출판사, 1998, 286쪽.

훌륭한 문화적 가교자(架橋者)가 되었다. 한 세대 뒤에 태어난 오카쿠라 텐신(岡倉天心; 1862~1913) 역시 유럽과 일본의 문화적 가교자 역할을 하였는데, 그는 후쿠자와는 달리 일본인과 일본문명을 서구에 전하는 일을 하였다.

오카쿠라 텐신은 에치젠(越前) 후쿠이한(福井藩)의 사무라이 집안에서 태어났다. 당시 내외의 급격한 변화 속에서 실권을 장악하고 있던 사츠마번이나 쵸오슈우번과는 달리 그의 집안은 메이지유신에 적절히 대응하지 못하고 있었다. 그러나 그가 태어난 요코하마(橫濱)는 일찌감치 개국의 충격을 받아들인 도시였다. 거기서 그는 뛰어난 어학실력을 갖출 수 있는 기회를 얻었다. 훗날에 『동양의 이상(東洋の理想)』, 『일본의 각성(日本の覺醒)』, 『동양의 각성(東洋の覺醒)』, 『차의 책(茶の本)』 등의 뛰어난 영문 저서를 남길 수 있었던 것도 그 덕분이었다.

그는 동경대학에서 정치학과 이재학(理財學; 경제학)을 전공하였고, 당시 동경대학에 초청되어 왔던 미술연구가 에른스트 훼놀로사(Ernest F. Fenollosa; 1853~1908)의 감화를 깊이 받았다. 동경대학에서 했던 공부와 경험이 이후 그의 일생을 결정지었다고 해도 과언은 아니다. 특히 정치학과 미술의 결합, 그것은 철저한 산문정신의 소유자였던 후쿠자와와는 다르게 그를 철저한 시인이게끔 만들었다. 이는 그의 저서를 통해 잘 드러난다.

아시아는 하나다. 두 개의 강력한 문명, 공자의 공동주의(共同主義)를 가진 중국인과, 베다의 개인주의(個人主義)를 가진 인도인을 히말라야 산맥이 가르고 있는 것도 각각의 특색을 강조하려는 데에 지나지 않는다. 눈으로 덮인 장벽이라 하더라도 모든 아시아 민족이 공유하는 사상적 유산이라고 할 만한 궁극적인 것, 보편적인 것에 대한 광범위한 애정을 한 순간도 방해할 수 없다. 이러한 애정이야말로 아시아 민족으로 하여금 세계의 모든 위대한 종교를 탄생시키게 한 것이며, 지중해와 발트해의 해양 민족이 오로지 개별적인 것에 집착하여 인생의 목적이 아닌 수단을 탐구하는 데에 골몰한 것과는 확실히 다르다.(『동양의 이상』)

동양과 서양의 문명적 특질을 비교하여 논한 것인데, 사실 그 사상의 전개라는 측면에서 보면 문명론이라기보다는 문예작품이라고 하는 쪽이 어울린다. 이는 그의 문명론에 감상적인 갈망이 내재해 있음을 드러내는 것이기도 하다. 즉 문명론자이면서 심미주의자(審美主義者)라는 이중적 성향이 그의 정신에 깊이 파고들어 있다는 말이다. 이는 그가 일본 미술의 혁신을 추구한 데서 가장 잘 드러난다.

장래의 일본은 과거의 일본이 아니다. 쇄국 300년의 지난날을 세계 운동의 요지(要地)에 해당하는 오늘과 같은 것으로 보아서는 안 될 것이다. 무역을 하는 데 있어 외국의 수요에 부응하기 위해서는 자연히 외국의 사정·생활에 통하지 않을 수 없다. 시세와 더불어 옮아가지 않을 수 없다. 때문에 단순히 고유의 미술을 보존하는 사람은 오늘날 생존할 수 없다.[1887년 11월 6일의 감화회(鑑畵會) 연설, 〈大日本美術新報〉 12월 31일자][5]

비록 고유의 미술을 무비판적으로 보존하는 데 대해 통렬하게 비판한 것이지만, 거기에는 전통 미술의 혁신을 통해 열린 문명으로 나아가고자 하는 열망이 담겨 있다. 그러나 그의 열망은 지극히 낭만적이어서 과연 일본 미술의 혁신, 나아가 일본 문화의 혁신으로 이어질지는 의문이다. 왜냐하면 혁신은 자기 부정에서 출발하는 것인데, 그의 시각은 자기가 아닌 항상 서구라는 남에게 향해 있기 때문이다. 자기 부정의 결여는 필히 자기 긍정으로 나아가게 되고, 자칫 전통을 이상화하는 데로 흐르게 될 위험도 안고 있다. 물론 이를 텐신만의 문제로 볼 수는 없다. 이미 지적했듯이 메이지유신의 한계이기도 하니까. 문제는 텐신의 그런 경향이 내셔널리즘화할 수 있다는 점이다.

텐신은 1888년 동경미술학교 설립에 참여하였고, 1890년에 교장으로 취임하였다. 그때 그는 일본미술사와 동양미술사를 강의하였는

---

5 마루야마 마사오, 앞의 책, 287쪽에서 재인용.

데, 그 강의록이 남아 있다. 그 가운데 『일본미술사』의 말미에는 그가 일본 미술의 변천을 요약 정리한 것이 있는데, 그의 사상을 엿보는 데에 아주 긴요하다.

첫째로 기록할 것은 정신이 예리하고 관념이 앞설 때에는 흥기하고, 형체를 구하려고 하면 반드시 쇠퇴한다.

둘째로, 계통을 좇아서 진화하고 계통을 떠나면 사라진다.

셋째로, 미술은 그 시대의 정신을 대표하고, 당시의 사상을 훌륭하게 드러내는 힘이다.

넷째로, 일본 미술은 변화가 풍부하다.

다섯째, 적응력이 풍부하다.

여섯째, 불교의 철리(哲理)로 말미암아 유심론으로 기울고, 사생(寫生)을 떠나서 실물 이외에 미(美)가 존재함을 인지하였다.

일곱째, 우아하고 아름답다.[6]

텐신이 요약한 일곱 가지 가운데 두 번째는 진보에 대한 그의 믿음을 잘 보여준다. 또 여섯째에서 말한 '유심론'은 당시의 세계사적 조류에 대한 그의 대응을 은근히 드러내는 말이다. 그는 『일본미술

---

6 오카쿠라 텐신, 『일본미술사』, 헤이본샤(平凡社), 2001, 243-50쪽.

사』「서론」에서 "19세기는 이런 세계대변동의 시기로서, 그 원인을 이루는 것은 갖가지가 있겠지만, 주된 것은 유물론의 세력을 얻었다는 것이다"[7]라고 하면서 서구의 유물론적이고 기계적인 학술이 기계적인 사상을 발달시켰다고 보았다. 그런 사상은 종교와 도덕에도 영향을 끼쳐서 그 표준까지 기계적인 것으로 만들었으며, 문학에서도 기계적인 문학을 낳았고 미술은 더욱더 심각하여 무미건조한 사진처럼 되었다고 하였다. 결국 그가 미술사를 기획한 것은 미술을 통해서 천진난만하고 진솔한 풍취(風趣)를 되살리고 정신문화를 고양시키기 위해서였다. 그래서 일본과 동양의 미술에 눈을 돌렸던 것이다. 그러나 그의 기획이 의도한 대로 이루어졌다고 말하기는 어렵다.

위에서 든 일곱 가지는 일본 미술의 변천을 요약한 것이지만, 일본 미술사에서만 볼 수 있는 것은 아니다. 중국이나 한국의 미술사 역시 위의 일곱 가지 특질을 거의 그대로 보여주기 때문이다. 그런데 텐신은 이를 일본 미술사의 독자성으로만 보고 있다. 이는 그가 일본 미술을 철저하게 객관화하여 탐구하지 못하였음을 의미한다. 탐구하였다기보다는 오히려 이상적인 것을 추출하였다고 보는 것이 더 적절할 것이다. 그런데 이상은 대체로 특정한 민족이나 문화의 경계를 넘어서 설정되는 것이다. 위의 일곱 가지가 일본 미술사를 넘어서 동아

---

7 오카쿠라 텐신, 『일본미술사』, 11쪽.

시아 미술사의 특질을 보여주게 된 까닭도 여기에 있다. 그런 의미에서 그가 『동양의 이상』을 저술한 것은 결코 기이한 일이 아니다.

텐신의 이러한 경향은 그의 심미적이고 관조적인 성격에서 비롯된 것이다. 게다가 유물론적이고 기계적인 서양의 실상을 이상적인 동양으로 대비시킨 데 따른 당연한 귀결이라고 할 수 있다. 이렇게 문명을 미적인 차원에서 바라보고 미술의 이상적인 경지에 집중하는 것은 그의 역사인식이 매우 비역사적일 수 있다는 것을 의미한다. 이러한 비역사성과 심미성은 그로 하여금 아시아의 광영이 "제왕과 농부를 합일시키는 조화"에 있고 "숭고한 일체의 직관에 있다"고 말하게끔 만들었다. 뿐만 아니라 메이지유신을 "높은 것도 낮은 것도 위대한 새로운 정력 속에서 하나가 되었다"고 찬미하였으니, 정치 현실조차 실상 그대로 보지 못하게 만들었다.

따라서 후쿠자와에 비해 텐신이 체제 비판에 취약했다는 것은 그의 심미적이고 비역사적인 성향에서 기인하는 것으로 보아도 틀림이 없을 것이다. 『동양의 이상』에서 그가 "정치적인 항쟁—이것은 1892년에 군주에 의해 자유롭게 부여된 입헌제도의 자연스러운 그리고 부자연스러운 자식이다—에도 불구하고, 옥좌(玉座)로부터의 한마디는 그래도 역시 정부와 반대파를 화해시키게 될 것이다"[8]라고 말한 것은 그가 시종일관 '이상'에 매달려 있다는 것을 보여준다. 그리고 그 이상이 미래지향적인 것이라기보다는 과거회귀적인 것이라고 말한다면, 어폐가 있을까?

　실상을 실상으로 보지 못하고 이상으로 보게 된다면, 거기에서는 어떠한 창조적 기운도 배태될 수 없다. 산모가 출산을 위해 산통을 겪어야 하듯이 창조 또한 뼈를 깎는 자기비판과 자기부정 위에서만 이루어지기 때문이다. 그런 자기비판과 자기부정을 과감하게 하지 못한 것은 그의 심미적 성향 때문이지만, 결국 이러한 한계가 그를 창조적 사상가로 발돋움하지 못하게 가로막았다.

　역사적 성격을 상실하였기 때문에 낭만적 사상가로 남게 되었는지, 본래 낭만적인 사상가였기 때문에 역사적 성격을 갖출 수 없게된 것인지는 알기 어렵다. 중요한 것은 『일본의 각성』에서 분명하게 드러나듯이 그가 일본에 대한 사명을 강렬하게 인식하고 있었고, 그 사명은 또 세계에 대한 일본의 사명과 긴밀하게 연결되어 있었다는 점이다. 이러한 의식이 가장 잘 드러난 글이 바로 『차의 책』이다.

3. 『차의 책』, 그 실상과 이상의 거리

　인간이 이룩한 문명은 작위의 극치를 보여준다. 그 작위는 간단히

8　마루야마 마사오, 앞의 책, 300쪽에서 재인용.

말하면 실용성의 추구다. 아름답게 꾸민다는 것도 결국은 "보기에 좋다"고 하는 실용성에서 비롯된 것이다. 아름다움 자체로 충분하다고 해도 역시 마찬가지이다. 다만 우리의 관념이 그런 단순한 이유를 용납하지 않을 뿐이다. 그래서 관념은 끊임없이 실용성에 미적 감수성을 덧칠한다. 차와 다도도 그러한 과정을 거쳤다.

오카쿠라 텐신이 쓴 『차의 책』은 다음과 같이 시작된다.

차는 약용으로 시작하여 음료가 되었다. 중국에서 8세기에 고상한 놀이의 하나가 되어 시의 영역으로 들어갔다. 15세기 일본에서는 그것에 기품을 부여하면서 심미주의라는 종교, 즉 다도(茶道)로 드높여졌다. 다도란 하찮은 일상 가운데 숨어 있는 아름다움에 대한 숭앙, 그것에 기초한 일종의 의례이다. 다도는 순수함과 어울림, 보시의 신비, 사회 질서의 낭만성 등을 가르쳐준다. 그것은 본질적으로 불완전함에 대한 숭배이니, 말하자면 불가능의 연속인 이 인생에서 무언가 가능한 것을 성취하려는 은근한 시도다.

차는 약용으로 시작하여 음료가 되었고, 후에는 다도라는 심미적 종교로 드높여졌다. 실용적인 것에 미적인 감성이 더해지고, 나아가 종교로까지 승화되었다는 말이다. 여기에서 텐신에게는 예술이 곧 종교로 인식되고 있음을 알 수 있다. 또 한 가지 흥미로운 것은 텐신의 사상적 특성을 보여주는 주요한 용어들이 이 짧은 단락에서 다 드러나고 있다는 점이다.

'시의 영역'이 그렇고, '심미주의라는 종교'도 그렇고, '사회 질서의 낭만성'이라는 말도 그렇다. 시인으로서 심미주의자로서 텐신의 면모가 잘 드러나 있다. 특히 문체를 보더라도 후쿠자와 유키치와는 달리 천성적인 시인의 면모를 유감없이 발휘하고 있다. 그러나 무엇보다도 '낭만성'이라는 낱말에서 『차의 책』역시 그의 사상적 한계를 드러내는 징후로 다가온다. 그것은 차 또는 다도에 대해 그 실상이 아닌, 하나의 이상을 서술하지 않을까 해서다.

윗글에 이어 텐신은 다음과 같이 말한다.

차의 철학은 세간에서 흔히 말하는 그런 단순한 심미주의는 아니다. 왜냐하면 그것은 인간과 자연에 대한 우리의 모든 견해를 윤리나 종교와 결합하여 표현해낸 것이기 때문이다. 그것은 위생학이다. 깨끗함을 요구하기 때문에. 그것은 경제학이다. 복잡함과 호사스러움보다는 단순함 속에서 편안함을 드러내기 때문에. 그것은 도덕적 기하학이다. 우주에 대한 우리의 균형 감각을 규정짓기 때문에. 이는 모든 지지자들을 고상한 취향을 지닌 귀족으로 만듦으로써 동양 민주주의의 참된 정신을 나타낸다.

텐신은 다도를 인간과 자연, 윤리와 종교가 어우러져 있는 것, 위생학이요 경제학이며 기하학을 아우르고 있는 것, 그리하여 동양 민주주의의 참된 정신을 드러내는 것이라고 하였다. 이는 다도를 동양 문화의 정수로 파악하고 있다는 걸 의미한다. 이를 위해서는 심미주의라는 말을 포기해도 손해볼 것은 없다.

그러나 텐신은 결코 심미주의를 포기하지 않았다. 『차의 책』 자체가 심미주의적 관점에서 서술되고 있기 때문이다. 문제는 동양의 참된 정신을 보여주려는 그의 의도가 차의 역사와 그 실상을 돌아보지 못하게 하였다는 데에 있다. 중국과 일본의 차에 대한 사실적 접근이 이루어진 둘째 장 「차의 유파」에서조차 텐신의 이상적 색채가 짙다.

"차는 예술작품이므로 그 숭고한 특질을 끌어내기 위해서는 대가의 손길을 필요로 한다"는 말에서 시작하여, 마지막 단락에서는 "일본의 챠노유우에서 보여주는 이상적인 차의 정점"이 나열되어 있다. 하물며 도교와 선을 다루는 셋째 장에서는 다도의 지고한 이상이 압도하지 않겠는가? 다실이 '불균형의 집'인 것은 도가의 이상을 선을 통해 구현해낸 결과라고까지 하였으니, 다도는 이상의 극치에 이미 도달해 있는 것이다.

기계론적이고 유물론적인 서구문명에 대해 동양의 역사와 전통, 그 가치를 옹호한다는 면에서는 긍정적으로 받아들일 수 있다. "예술은 우리에게 말을 거는 정도에 따라서만 가치가 평가된다는 점을 기억해야만 한다"는 말에서는 절실함까지도 느껴진다. 그러나 앞서도 말했듯이 창조를 위해서는 창조적 부정이 전제되어야 한다. 그리고 창조적 부정은 낭만적 역사인식 안에서는 싹트기가 어렵다.

물론, 텐신도 그 점을 전혀 간과한 것은 아니었다. "과거에 창조된 것들을 소홀히 하여야 한다는 게 아니라, 그것들을 우리의 의식과 동화시켜야 한다는 것이다. 전통과 형식에 굴종하면 그것이 족쇄가 되어 건축에서 개성을 표현하지 못한다"고 했을 때에는 창조를 염두에 두고 있었으니 말이다. 그러나 이 말에서도 우리는 이상과 관념에 사로잡혀 있는 텐신을 발견하게 된다.

텐신이 아무리 이상적 모델을 설정하고 창조를 지향하였다고 해도 그것은 찬란한 관념에서 그치고 만다. 그의 비역사성 때문이다. 『차의 책』 마지막 장 「차의 대가」에서 텐신의 비역사성은 특히 두드러진다. 다른 장에 비해서는 매우 짧지만, 다도의 이상을 가장 극적으로 보여주는 부분이다.

「차의 대가」에서 텐신은 장엄한 비극의 극치로서 '센노리큐우의 마지막 챠노유우'를 묘사하였다. 히데요시로부터 할복의 명령을 받은 리큐우가 수제자들을 초대하여 마지막 다례를 행하는 엄숙하면서도 차분한 모습을 이상적으로 그려내고 있는 것이다.

죽음으로 이끌 단도의 빛나는 칼날을 그윽하게 바라보던 리큐우는 절묘한 시로써 작별을 고하였다.

오라, 그대
영원의 칼이여!
부처를 죽이고
달마를 죽였듯이 그대는
그대의 길을 갈랐도다!

얼굴에 엷은 웃음을 띤 리큐우는 미지의 세계로 떠났다.

차의 대가인 리큐우의 죽음과 그가 남긴 시로써 『차의 책』은 끝난다. 그러나 어디에도 리큐우가 왜 할복을 해야 했는지에 대해서는 밝혀져 있지 않다. 널리 알려진 이유가 간단하게 언급되어 있을 뿐이다. 텐신에게서는 히데요시와 리큐우의 관계, 리큐우와 다이묘오(大名)들과의 관계, 그들을 둘러싼 정치적 음모 따위는 관심 밖에 있다. 오로지 다도를 통해 예술의 종교성을 강조하는 데에만 관심이 있을 따름이다. 그가 "우리에게 차는 음다의 형식을 이상화하는 것 이상의 의미가 있다. 그것은 종교가 된 삶의 예술이다"라고 말했을 때, 이미 역사적 사실보다는 심미성과 종교성에, 실상보다는 이상에 기울어 있었던 것이다.

실상과 이상의 팽팽한 긴장 속에서 창조는 이루어진다. 그러나 아이러니컬하게도 텐신은 그 팽팽한 텐션(tension)을 유지하지 못하였다.

그들(서양인들)은 일본이 온화한 평화의 예술에 빠져 있을 때에는 야만스럽게 여기곤 하였다. 그런데 만주 벌판에서 대규모의 학살을 자행하기 시작하자 일본을 문명화된 국가라고 부르고 있다.

텐신은 역사의 아이러니를 보여주었다. 그 아이러니는 서양인들이 일본의 실상을 제대로 파악하지 못하고 자신들의 잣대로 판단한 데에서 비롯되었다. 그런데 이 아이러니가 그대로 텐신 자신에게 해당되는 것임을 그 자신도 몰랐다.

텐신이 서구인들에게 차와 다도를 들이민 것은 그것이 일본과 동양의 가능성을 보여주는 것이면서 동시에 서구문명을 보완해줄 수 있는 최상의 대안이 거기에 있다는 믿음 때문이었다. 그러나 일본이 세계에 자랑한 다도가 과연 창조적인 구실을 하였고 또 하고 있는가? 메이지 이후에 서민의 차를 내세우면서 역사의 전면에 나선 센케(千家)의 다도가 센노리큐우가 장엄한 죽음과 함께 남겼던 그 다도가 아니라 복잡하고 형식화된 다법(茶法)에 불과하다는 사실, 그런 다법이 차를 통해 이상적 경지에 도달하기 위함이 아니라 상업적 성공을 지속시켜 나가기 위한 장치에 불과하다는 사실은 어떻게 설명할 것인가? 오늘날 일본의 다도가 메이지유신의 유산이고, 그 유산이기 때문에 실상과 이상이 괴리되어 있는 것이라고 한다면, 무리한 생각일까?

다도(茶道)라는 말을 보면, 차는 특수한 것을 지칭하고 도는 보편적인 것을 뜻한다. 특수하고 개별적인 것이 보편적인 이치를 담고 있다는 의미이다. 따라서 그 둘의 절묘한 조화가 얼마나 다양한 색깔을 보여주는지를 서술한 책이 『차의 책』이지만, 실제 차의 세계에서는 그 조화가 깨어진 지 오래다. 아니 어쩌면 조화를 이룩한 적이 없었는지도 모른다. 그저 있었다는 기억을 갖고 싶은 것인지도 모른다.

다도라는 말 자체가 특수와 보편, 실상과 이상의 조합이다. 따라서 텐신이 '종교가 된 삶의 예술'이라고 말한 것은 타당하다. 그러나 그것이 자칫 이중성으로만 남을 수도 있다는 생각은 하지 못하였다. 만약 일본 다도의 역사를 있는 그대로 들여다보았다면, 일본 다도가 끊임없이 지고한 경지, 심미적 정신을 내세우면서도 형식이라는 올가미에서 벗어나지 못하였다는 사실을 직시하였을 것이다. 그러나 텐신에게는 대개의 일본 지식인들처럼 철저한 역사인식이 결여되어 있었다. 게다가 자기 부정은커녕 자기 긍정이 강하였으니.

다도는 일본 차인들이 끊임없이 추구하던 이상이었다. 텐신은 그 이상을 서구인들에게 알리고 싶었다. 그러나 실상을 알게 되는 순간, 다도는 이상으로 포장된 이중적인 관념임을 깨닫게 될 것이다. 그렇

164

다고 해서 그 이상을 버리자는 말은 아니다. 다만 낭만적 역사인식 따위는 버리고 실상 자체를 있는 그대로 인식하는 데서 시작하여야 한다는 말이다.

4. 차의 일상성으로

중세에 중국은 문명의 중심이었다. 중국을 중심으로 형성된 문명권을 동아시아문명권 또는 한자문명권이라고 한다. 한국, 일본, 월남, 유구 등이 모두 이 문명권에 속한다.

문명권에서 그 중심부는 새로운 사상과 문화를 만들고, 주변부는 이를 받아들여 독자적으로 전개한다. 그리고 주변부에서 이룩한 탁월한 문화는 다시 중심으로 유입되어 새로운 시대에 걸맞는 사상과 문화를 창조하는 밑거름으로 작용한다. 이렇게 끊임없이 주고받으면서 거대한 역사를 형성해나가는 것이 문명권이다.

그런데 이 문명권도 19세기가 되면서 점차 허물어지기 시작하였다. 다른 문명권, 단적으로 말하면 유럽의 기독교문명권이 산업화를 기반으로 한 제국주의를 앞세워서 전 세계를 식민지화하였고, 인도를 비롯한 이른바 동양도 그들 무력의 사정거리 속에 들어갔다.

19세기 들어서 영국은 중국과의 무역 불균형에 시달리고 있었다.

중국의 차를 비롯해 비단과 도자기를 대량으로 수입하는 데 비해, 그들이 방적공업으로 만들어낸 제품은 거의 수출할 수 없었기 때문이다. 그로 말미암아 끊임없이 은이 중국으로 흘러 들어갔고, 영국은 이를 보충하기 위해 인도의 아편을 중국에 수출하기 시작하였다.

18세기에도 이미 중국인들은 아편을 피웠으나, 중독자 수는 그리 많지 않았다. 그러다가 19세기 초부터 급격하게 늘어났다. 대략 1815년부터 5년마다 거의 두 배씩 증가하였다. 얼마 지나지 않아 은의 유입이 역전되었다. 중국 정부는 마약으로부터 국민의 건강을 지키겠다는 것과 은의 유출을 막겠다는 경제적 이유에서 아편 흡입을 금하는 한편, 아편 수입을 금하는 정책을 폈다.

그러나 아편의 흡입은 이미 사회 전반에 퍼져 있었다. 오히려 수입의 양이 줄면서 값은 더욱 올랐다. 밀무역이 성행하게 되었고, 관리들은 뇌물을 받아 챙기기에 급급했다. 이러니 상황이 호전될 리가 만무하다. 결국 실효를 거두지 못하게 되자, 중국 정부는 강직한 정치가인 임칙서(林則徐)를 영국과 교섭하는 대표로 광동(廣東)에 보냈다.

1839년, 광동에 도착한 임칙서는 영단을 내려 광동의 영국 상점에 있는 아편 2만 상자를 소각시키고 아편 매매의 단속을 철저히 하였다. 이에 중국과 영국의 무역은 중단되었다. 영국은 자국 상인의 생명과 재산을 보호한다는 명목으로 무력간섭을 단행하였다. 본국과 인도의 함대를 합쳐 군함 16척, 수송선 32척을 증원하여 중국을 압박하였다.

1840년 6월, 영국 함대는 광동항의 엄중한 방비를 피해 복건(福建), 절강(浙江) 연안을 위협하면서 북상하였다. 두 나라의 군사력 격차는 컸다. 영국은 전당강(錢塘江) 싸움에서 청의 정예 군대를 대파하였고, 계속 북진하여 발해만에 들어가 천진(天津)까지 갔다. 중국 정부는 임칙서를 파면시키고 외교 교섭을 시도하였으나 성공하지 못하였다. 영국군은 계속 상해로부터 양자강을 거슬러 올라가 남경(南京)에 육박하였다.

1842년, 중국은 어쩔 수 없이 영국과 남경조약을 맺었다. 중국은 영국에 군비, 소각한 아편 등의 손해를 보상하고, 향항(香港; 홍콩)을 할양하였으며, 광동, 하문(厦門), 복주(福州), 영파(寧波), 상해 등을 개항장으로 삼고 영국인의 거류를 인정하였다. 이는 이른바 불평등조약이었고, 이로써 중국은 국제적 위치가 격하되었다.

바다 건너서 이를 주시하고 있던 나라가 있었다. 일본이었다. 에도(江戸) 막부는 아편전쟁의 정보를 정확히 입수하고 있었다. 이미 내려져 있던 외국선박격퇴령(1825)을 1842년 7월에 신수급여령(薪水給與令)으로 전환하였다. 신수급여령은 식료와 식수, 땔나무 등을 안전한 곳에 숨겨두게 한 조치다. 이듬해에 에도와 오오사카 주변의 다이묘오(大名), 하타모토(旗本) 등의 영지를 몰수한다는 영지회수령(上知令;

아게치레이)이 내렸다. 이는 방어체제를 정비하기 위한 것이었다.

이렇게 일련의 조치를 내렸으나, 그렇다고 안전할 수는 없었다. 1853년 6월, 페리가 이끄는 네 척의 군함이 우라가(浦賀)에 내항했고, 이듬해 1월에는 일곱 척의 군함을 에도만 안으로 끌고 들어왔다. 미일화친조약이 체결되었다. 이른바 함포(艦砲)정책에 기초한 강압적인 것이었다. 막부는 냉정하였다. 그들은 중국의 패배를 알고 있었고, 자국의 국력도 알고 있었다.

이렇게 중국과 일본은 강압에 의해 문호를 개방하지 않을 수 없었다. 그것은 아편전쟁에서 비롯된 것이고, 아편전쟁은 결국 영국인이 애호하던 차 때문이었다. 차, 그것이 문제였다.

텐신은 중국에서 아편전쟁이 왜 벌어졌는지 몰랐을까? 그는 또 구미(歐美)를 시찰하기도 하였고 보스턴 미술관에서 근무하기도 하였는데, 서구인들이 어느 정도로 홍차를 즐기는지 몰랐을까?

홍차의 역사도 결코 짧지 않다. 홍차의 나라라 불리는 영국에 처음 보급된 것은 1600년도 중반으로 알려져 있다. 처음에는 왕실에서, 나중에 귀족사회로 퍼져가면서, 『차의 책』에서 말했듯이 하나의 음료가 되고 시—문화—의 영역으로 들어갔다. 이제 영국인들에게 홍차는 삶의 일부이다. 영국인들은 홍차를 종교적 경지로 승화시키려 하지 않는다. 그들에게 홍차는 그저 삶의 질적 수준을 높여주는 문화, 일상에서 향유하여야 할 문화에 지나지 않는다.

차를 전 세계로 전해준 중국에서도 차는 하나의 음료일 뿐이었다. 육우(陸羽)가 비록 『다경(茶經)』을 저술하였으나, 그것은 매우 실용적인 차원에서 서술되었다. 중국인들은 밥을 먹듯이 차를 마셨다. 그래서 다반사(茶飯事)라는 말도 나왔다. 그런데도 그들이 차에 의미를 부여한 흔적은 고작 다연(茶宴)이라는 말에서 찾을 수 있다. 좋은 차를 얻었을 때, 벗들과 함께 차로써 잔치를 열었던 것이다. 이 모두 지극히 일상적인 일이었다.

그러나 다도를 자국 문화의 표상이라고 또 정수(精髓)라고 주장하는 일본에서는 차가 일상적인 음료로 취급되고 있지 않다. 오히려 매우 각별한 것으로서, 의례를 통해서 마실 수 있는 것으로 되어 있다. 만약 다도 또한 도라고 한다면, 그 도는 어디에나 있는 것이니 일상에서도 행해져야 한다. 그런데 일본의 다도는 결코 일상의 다반사가 아니었다. 바로 그 때문에 다도의 역사와 철학, 그 미학이 정립될 수 있었다. 그러나 동시에 시대가 내려오면서 형식적으로도 까다로워졌다. 다회의 양식이나 차를 끓여 마시는 형식이 점점 번잡해졌다.

다도보다는 다법에 치우치게 된 것은 신토(神道)를 확립하면서 의례를 중시한 역사적 과정과 밀접한 관련이 있다. 의례란 그 숨겨진 정신을 드러내려는 행위 양식이지만, 세월이 흐르면 그 정신이 망각되고 형식만 남게 되는 한계도 있다. 바로 그런 한계에 대한 무의식적인 반응이 바로 도(道)에 대해 지나치리만치 집착하게 만들었는지도 모른다. 다도뿐만 아니라 검도(劍道), 화도(花道), 유도(柔道) 등등.

　일본에서도 중국에서처럼 그저 밥 먹듯이 차를 마실 수 있었다면, 그래서 일상 속에 자리를 잡고 대중이 함께 즐길 수 있는 것이었다면, 굳이 도(道)니 법(法)이니 하는 것을 덧붙이지 않았을 것이다. 그런데 비일상적인 것이기 때문에 의미를 부여할 필요가 있었고, 미학적인 완성도를 더하려는 노력이 끊임없이 이어져왔다. 그러나 그러한 노력으로는 진정한 도나 법에 이를 수가 없다. 오히려 장애가 된다. 그저 즐기는 것만 못하기 때문이다. 공자가 말하지 않았던가? "아는 것은 좋아하는 것만 못하고, 좋아하는 것은 즐기는 것만 못하다"고.

　텐신의 『차의 책』을 보자. 그로서는 자국의 문화를 알려야 한다는 사명감에서 긍정적이고 이상적인 면만 서술하였을 것이다. 그러나 그가 진정으로 차를 즐길 줄 알았다면, 아마도 홍차를 즐기는 서구인들의 삶에서 참된 다도의 세계를 엿볼 수도 있지 않았을까? 결국 그렇게 하지 못한 것은 그 자신 사명감만 앞섰을 뿐, 그 참된 이치를 체득하지 못하였기 때문이리라.

　그렇다면 지금의 한국 다도는 어떠한가? 한국의 차인들은 어떠한가? 우리도 '차의 역사'는 단편적으로나마 자료를 확보하여 서술할 수 있다. 그러나 '다도의 역사'에 대해서는 결코 쓸 수 없다. 중국에서처럼 차를 일상에서 흔하게 마셨던 것도 아니고, 일본처럼 특별히 철학적으로나 미학적으로 의미를 부여하지도 않았기 때문이다. 그러나 지금 한국에서는 수많은 차인들이 활동하고 있고 또 모임이 있다. 참으로 차의 정신이나 철학이 필요한 때이다.

한국에서는 20세기 후반에 들어서야 비로소 다도라는 걸 시작하였다. 그것도 일본의 다법이나 다도의 영향을 받으면서 말이다. 그럼에도 차인들은 다도가 우리의 전통 문화인양, 우리도 일본에 맞먹는 역사를 가지고 있는 듯이 이야기하고 있다. 일본의 다도나 우리 역사와 문화에 대해 조금이라도 관심을 가지고 공부를 해보면, 그것이 얼마나 허무맹랑한 말인지 알 수 있다. 이는 텐신이 다도의 이상을 실상으로 착각한 것만큼 위험하다.

애초에 없었던 역사를 꾸며내려고 하기보다 중국과 일본의 차와 다도에 대해 철저히 탐구하고 새롭게 창조하려는 노력을 하여야 한다. 우리의 실상을 있는 그대로 보고, 두 나라의 장점을 찻잎을 따듯이 따서 받아들인 뒤에 우리의 미학으로 덖어서 새로운 맛을 내는 것이 바로 다도의 정신이 아닐까?

다실을 꾸미고 다기를 갖추고 한복을 차려입는 일, 그것은 형식일 뿐이다. 일본이 그토록 다도를 내세웠으면서도 여전히 의례와 형식에서 벗어나지 못한 까닭을 잘 알아야 한다. 그러니 다도를 이야기하기 전에 먼저 일상에서 차를 마셔야 하고, 차의 참맛을 느끼고 알아야 한다. 차를 무언가 특별한 것으로 간주하는 한, 차에서 도를 찾기는 불가능하다. 차의 참맛을 아는 자는 도를 운운하지 않는다. 그저 차가 있으므로 차를 마실 뿐. 그것 자체가 도이다.

이상화된 다도, 관념화된 다도에서 일상화된 차마시기로 가야 한다. 그럴 때에 비로소 텐신이 『차의 책』에서 주장한 다도의 이상이 실현될 것이다.

THE BOOK OF TEA

Kakuzo Okakura

• Contents •

I

THE CUP OF HUMANITY

TEA began as a medicine and grew into a beverage. In China, in the eighth century, it entered the realm of poetry as one of the polite amusements. The fifteenth century saw Japan ennoble it into a religion of aestheticism — Teaism. Teaism is a cult founded on the adoration of the beautiful among the sordid facts of everyday existence. It inculcates purity and harmony, the mystery of mutual charity, the romanticism of the social order. It is essentially a worship of the imperfect, as it is a tender attempt to accomplish something possible in this impossible thing we know as life.

The philosophy of tea is not mere aestheticism in the ordinary acceptance of the term, for it expresses conjointly with ethics and religion our whole point of view about man and nature. It is hygiene, for it enforces cleanliness; it is economics, for it shows comfort in simplicity rather than in the complex and costly; it is moral geometry, inasmuch as it defines our sense of proportion to the universe. It represents the true spirit of Eastern democracy by making all its votaries aristocrats in taste.

The long isolation of Japan from the rest of the world, so conducive to introspection, has been highly favorable to the development of Teaism. Our home and habits, costume and cuisine, porcelain, lacquer, painting — our very literature — all have been subject to its influence. No student of Japanese culture could ever ignore its presence. It has permeated the elegance of noble boudoirs, and entered the abode of the humble. Our peasants have learned to arrange flowers, our meanest labourer to offer his salutation to the rocks and waters. In our common parlance we speak of the man "with no tea" in him, when he is insusceptible to the seriocomic interests of the personal drama. Again we stigmatise the untamed aesthete who, regardless of the mundane tragedy, runs riot in the springtide of emancipated emotions, as one "with too much tea" in him.

The outsider may indeed wonder at this seeming much ado about nothing. "What a tempest in a teacup!" he will say. But when we consider how small after all the cup of human enjoyment is, how soon overflowed with tears, how easily drained to the dregs in our quenchless thirst for infinity, we shall not blame ourselves for making so much of the tea-cup. Mankind has done worse. In the worship of Bacchus, we have sacrificed too freely; and we have even transfigured the gory image of Mars. Why not consecrate ourselves to the queen of the Camellias, and revel in the warm stream of sympathy that flows from her altar? In the liquid amber within the ivory porcelain, the initiated may touch the sweet reticence of Confucius, the piquancy of Laotse, and the ethereal aroma of Sakyamuni himself.

Those who cannot feel the littleness of great things in themselves are apt to overlook the greatness of little things in others. The average Westerner, in his sleek complacency, will see in the tea ceremony but another instance of the thousand and one oddities which constitute the quaintness and childishness of the East to him. He was wont to regard Japan as barbarous while she indulged in the gentle arts of peace: he calls her civilised since she began to commit wholesale slaughter on Manchurian battlefields. Much comment has been given lately to the Code of the Samurai — the Art of Death which makes our soldiers exult in self-sacrifice; but scarcely any attention has been drawn to Teaism, which represents so much of our Art of Life. Fain would we remain barbarians, if our claim to civilisation were to be based on the gruesome glory of war. Fain would we await the time when due respect shall be paid to our art and ideals.

When will the West understand, or try to understand, the East? We Asiatics are often appalled by the curious web of facts and fancies which has been woven concerning us. We are pictured as living on the perfume of the lotus, if not on mice and cockroaches. It is either impotent fanaticism or else abject voluptuousness. Indian spirituality has been derided as ignorance, Chinese sobriety as stupidity, Japanese patriotism as the result of fatalism. It has been said that we are less sensible to pain and wounds on account of the callousness of our nervous organisation!

Why not amuse yourselves at our expense? Asia returns the compliment. There would be further food for merriment if you were to know all that we have imagined and written about you. All the glamour of the perspective is there, all the unconscious homage of wonder, all the silent resentment of the new and undefined. You have been loaded with virtues too refined to be envied, and accused of crimes too picturesque to be condemned. Our writers in the past — the wise men who knew — informed us that you had bushy tails somewhere hidden in your garments, and often dined off a fricassee of newborn babes! Nay, we had something worse against you: we used to think you the most impracticable people on the earth, for you were said to preach what you never practised.

Such misconceptions are fast vanishing amongst us. Commerce has forced the European tongues on many an Eastern port. Asiatic youths are flocking to Western colleges for the equipment of modern education. Our insight does not penetrate your culture deeply, but at least we are willing to learn. Some of my compatriots have adopted too much of your customs and too much of your etiquette, in the delusion that the acquisition of stiff collars and tall silk hats comprised the attainment of your civilisation. Pathetic and deplorable as such affectations are, they evince our willingness to approach the West on our knees. Unfortunately the Western attitude is unfavorable to the understanding of the East. The Christian missionary goes to impart, but not to receive. Your information is based on the meagre translations of our immense literature, if not on the unreliable anecdotes of passing travellers. It is rarely that the chivalrous pen of a Lafcadio Hearn or that of the author of "The Web of Indian Life" enlivens the Oriental darkness with the torch of our own sentiments.

Perhaps I betray my own ignorance of the Tea cult by being so outspoken. Its very spirit of politeness exacts that you say what you are expected to say, and no more. But I am not to be a polite Teaist. So much harm has been done already by the mutual misunderstanding of the New World and the Old, that one need not apologise for contributing his tithe to the furtherance of a better understanding. The beginning of the twentieth century would have been spared the spectacle of sanguinary warfare if Russia had condescended to know Japan better. What dire consequences to humanity lie in the contemptuous ignoring of Eastern problems! European imperialism, which does not disdain to raise the absurd cry of the Yellow Peril, fails to realise that Asia may also awaken to the cruel sense of the White Disaster. You may laugh at us for having "too much tea," but may we not suspect that you of the West have "no tea" in your constitution?

Let us stop the continents from hurling epigrams at each other, and be sadder if not wiser by the mutual gain of half a hemisphere. We have developed along different lines, but there is no reason why one should not supplement the other. You have gained expansion at the cost of restlessness; we have created a harmony which is weak against aggression. Will you believe it? — the East is better off in some respects than the West!

Strangely enough humanity has so far met in the tea-cup. It is the only Asiatic ceremonial which commands universal esteem. The white man has scoffed at our religion and our morals, but has accepted the brown beverage without hesitation. The afternoon tea is now an important function in Western society. In the delicate clatter of trays and saucers, in the soft rustle of feminine hospitality, in the common catechism about cream and sugar, we know that the Worship of Tea is established beyond question. The philosophic resignation of the guest to the fate awaiting him in the dubious decoction proclaims that in this single instance the Oriental spirit reigns supreme.

The earliest record of tea in European writing is said to be found in the statement of an Arabian traveller, that after the year 879 the main sources of revenue in Canton were the duties on salt and tea. Marco Polo records the deposition of a Chinese minister of finance in 1285 for his arbitrary augmentation of the tea-taxes. It was at the period of the great discoveries that the European people began to know more about the extreme Orient. At the end of the sixteenth century the Hollanders brought the news that a pleasant drink was made in the East from the leaves of a bush. The travellers Giovanni Batista Ramusio(1559), L. Almeida(1576), Maffeno(1588), Tareira(1610), also mentioned tea.[1] In the last-named year ships of the Dutch East India Company brought the first tea into Europe. It was known in France in 1636, and reached Russia in 1638.[2] England welcomed it in 1650 and spoke of it as "That excellent and by all physicians approved China drink, called by the Chineans Tcha, and by other nations Tay, alias Tee."

Like all the good things of the world, the propaganda of Tea met with opposition. Heretics like Henry Saville(1678) denounced drinking it as a filthy custom. Jonas Hanway(*Essay on Tea*, 1756) said that men seemed to lose their stature and comeliness, women their beauty through the use of tea. Its cost at the start (about fifteen or sixteen shillings a pound) forbade popular consumption, and made it "regalia for high treatments and entertainments, presents being made thereof to princes and

---

1   Paul Kransel, Dissertations, Berlin, 1902.

2   Mercurius, Politicus, 1656.

grandees." Yet in spite of such drawbacks tea-drinking spread with marvellous rapidity. The coffee-houses of London in the early half of the eighteenth century became, in fact, tea-houses, the resort of wits like Addison and Steele, who beguiled themselves over their "dish of tea." The beverage soon became a necessary of life — a taxable matter. We are reminded in this connection what an important part it plays in modern history. Colonial America resigned herself to oppression until human endurance gave way before the heavy duties laid on Tea. American independence dates from the throwing of tea-chests into Boston harbour.

There is a subtle charm in the taste of tea which makes it irresistible and capable of idealisation. Western humorists were not slow to mingle the fragrance of their thought with its aroma. It has not the arrogance of wine, the self-consciousness of coffee, nor the simpering innocence of cocoa. Already in 1711, says the Spectator: "I would therefore in a particular manner recommend these my speculations to all well-regulated families that set apart an hour every morning for tea, bread and butter; and would earnestly advise them for their good to order this paper to be punctually served up and to be looked upon as a part of the tea-equipage." Samuel Johnson draws his own portrait as "a hardened and shameless tea-drinker, who for twenty years diluted his meals with only the infusion of the fascinating plant; who with tea amused the evening, with tea solaced the midnight, and with tea welcomed the morning."

Charles Lamb, a professed devotee, sounded the true note of Teaism when he wrote that the greatest pleasure he knew was to do a good action by stealth, and to have found it out by accident. For Teaism is the art of concealing beauty that you may discover it, of suggesting what you dare not reveal. It is the noble secret of laughing at yourself, calmly yet thoroughly, and is thus humour itself, — the smile of philosophy. All genuine humourists may in this sense be called tea-philosophers, — Thackeray, for instance, and, of course, Shakespeare. The poets of the Decadence (when was not the world in decadence?), in their protests against materialism, have, to a certain extent, also opened the way to Teaism. Perhaps nowadays it is our demure contemplation of the imperfect that the West and the East can meet in mutual consolation.

The Taoists relate that at the great beginning of the No-Beginning, Spirit and Matter met in mortal combat. At last the Yellow Emperor, the Sun of Heaven, triumphed over Shuhyung, the demon of darkness and earth. The Titan, in his death agony, struck his head against the solar vault and shivered the blue dome of jade into fragments. The stars lost their nests, the moon wandered aimlessly among the wild chasms of the night. In despair the Yellow Emperor sought far and wide for the repairer of the Heavens. He had not to search in vain. Out of the Eastern sea rose a queen, the divine Niuka, horncrowned and dragon-tailed, resplendent in her armour of fire. She welded the five-colored rainbow in her magic cauldron and rebuilt the Chinese sky. But it is also told that Niuka forgot to fill two tiny crevices in the blue firmament. Thus began the dualism of love — two souls rolling through space and never at rest until they join together to complete the universe. Everyone has to build anew his sky of hope and peace.

The heaven of modern humanity is indeed shattered in the Cyclopean struggle for wealth and power. The world is groping in the shadow of egotism and vulgarity. Knowledge is bought through a bad conscience, benevolence practised for the sake of utility. The East and West, like two dragons tossed in a sea of ferment, in vain strive to regain the jewel of life. We need a Niuka again to repair the grand devastation; we await the great Avatar. Meanwhile, let us have a sip of tea. The afternoon glow is brightening the bamboos, the fountains are bubbling with delight, the soughing of the pines is heard in our kettle. Let us dream of evanescence, and linger in the beautiful foolishness of things.

II

THE SCHOOLS OF TEA

T EA is a work of art and needs a master hand to bring out its noblest qualities. We have good and bad tea, as we have good and bad paintings — generally the latter. There is no single recipe for making the perfect tea, as there are no rules for producing a Titian or a Sesson. Each preparation of the leaves has its individuality, its special affinity with water and heat, its hereditary memories to recall, its own method of telling a story. The truly beautiful must be always in it. How much do we not suffer through the constant failure of society to recognise this simple and fundamental law of art and life; Lichihlai, a Sung poet, has sadly remarked that there were three most deplorable things in the world: the spoiling of fine youths through false education, the degradation of fine paintings through vulgar admiration, and the utter waste of fine tea through incompetent manipulation.

Like Art, Tea has its periods and its schools. Its evolution may be roughly divided into three main stages: the Boiled Tea, the Whipped Tea, and the Steeped Tea. We moderns belong to the last school. These several methods of appreciating the beverage are indicative of the spirit of the age in which they prevailed. For life is an expression, our unconscious actions the constant betrayal of our innermost thought. Confucius said that "man hideth not." Perhaps we reveal ourselves too much in small things because we have so little of the great to conceal. The tiny incidents of daily routine are as much a commentary of racial ideals as the highest flight of philosophy or poetry. Even as the difference in favourite vintage marks the separate idiosyncrasies of different periods and nationalities of Europe, so the Tea-ideals characterise the various moods of Oriental culture. The Cake-tea which was boiled, the Powdered-tea which was whipped, the Leaf-tea which was steeped, mark the distinct emotional impulses of the Tang, the Sung, and the Ming dynasties of China. If we were inclined to borrow the much-abused terminology of art-classification, we might designate them respectively, the Classic, the Romantic, and the Naturalistic schools of Tea.

The tea-plant, a native of southern China, was known from very early times to Chinese botany and medicine. It is alluded to in the classics under the various names of Tou, Tseh, Chung, Kha, and Ming, and was highly prized for possessing the virtues of relieving fatigue, delighting the soul, strengthening the will, and repairing the eyesight. It was not only administered as an internal dose, but often applied externally in the form of paste to alleviate rheumatic pains. The Taoists claimed it as an important ingredient of the elixir of immortality. The Buddhist used it extensively to prevent drowsiness during their long hours of meditation.

By the fourth and fifth centuries Tea became a favourite beverage among the inhabitants of the Yangtse-Kiang valley. It was about this time that the modern ideograph Cha was coined, evidently a corruption of the classic Tou. The poets of the southern dynasties have left some fragments of their fervent adoration of the "froth of the liquid jade." Then emperors used to bestow some rare preparation of the leaves on their high ministers as a reward for eminent services. Yet the method of drinking tea at this stage was primitive in the extreme. The leaves were steamed, crushed in a mortar, made into a cake, and boiled together with rice, ginger, salt, orange peel, spices, milk, and sometimes with onions! The custom obtains at the present day among the Tibetans and various Mongolian tribes, who make a curious syrup of these ingredients. The use of lemon slices by the Russians, who learned to take tea from the Chinese caravansaries, points to the survival of the ancient method.

It needed the genius of the Tang dynasty to emancipate Tea from its crude state and lead to its final idealisation. With Luwuh in the middle of the eighth century we have our first apostle of tea. He was born in an age when Buddhism, Taoism, and Confucianism were seeking mutual synthesis. The pantheistic symbolism of the time was urging one to mirror the Universal in the Particular. Luwuh, a poet, saw in the Tea-service the same harmony and order which reigned through all things. In his celebrated work, the "Chaking" (The Holy Scripture of Tea) he formulated the Code of Tea. He has since been worshipped as the tutelary god of the Chinese tea merchants.

The "Chaking" consists of three volumes and ten chapters. In the first chapter Luwuh treats the nature of the tea-plant, in the second of the implements for gathering the leaves, in the third of the selection of the leaves. According to him the best quality leaves must have "creases like the leathern boot of Tartar horsemen, curl like the dewlap of a mighty bullock, unfold like a mist rising out of a ravine, gleam like a lake touched by a zephyr, and be wet and soft like fine earth newly swept by rain."

The fourth chapter is devoted to the enumeration and description of the twenty-four members of the tea-equipage, beginning with the tripod brazier and ending with the bamboo cabinet for containing all these utensils. Here we notice Luwuh's predilection for Taoist symbolism. Also it is interesting to observe in this connection the influence of tea on Chinese ceramics. The Celestial porcelain, as is well known, had its origin in an attempt to reproduce the exquisite shade of jade, resulting, in the Tang dynasty, in the blue glaze of the south, and the white glaze of the north. Luwuh considered the blue as the ideal colour for the tea-cup, as it lent additional greenness to the beverage, whereas the white made it look pinkish and distasteful. It was because he used cake-tea. Later on, when the tea-masters of Sung took to the powdered tea, they preferred heavy bowls of blue-black and dark brown. The Mings, with their steeped tea, rejoiced in light ware of white porcelain.

In the fifth chapter Luwuh describes the method of making tea. He eliminates all ingredients except salt. He dwells also on the much-discussed question of the choice of water and the degree of boiling it. According to him, the mountain spring is the best, the river water and the spring water come next in the order of excellence. There are three stages of boiling: the first boil is when the little bubbles like the eye of fishes swim on the surface; the second boil is when the bubbles are like crystal beads rolling in a fountain; the third boil is when the billows surge wildly in the kettle. The Cake-tea is roasted before the fire until it becomes soft like a baby' s arm and is shredded into powder between pieces of fine paper. Salt is put in the first boil, the tea in the second. At the third boil, a dipperful of cold water is poured into the kettle to settle the tea and revive the "youth of the water." Then the beverage was poured into cups and drunk. O nectar! The filmy leaflet hung like scaly clouds in a serene sky or floated like waterlilies on emerald streams. It was of such a beverage that Lotung, a Tang poet, wrote: "The first cup moistens my lips and throat, the second cup breaks my loneliness, the third cup searches my barren entrail but to find therein some five thousand volumes of odd ideographs. The fourth cup raises a slight perspiration, — all the wrong of life passes away through my pores. At the fifth cup I am purified; the sixth cup calls me to the realms of immortals. The seventh cup — ah, but I could take no more! I only feel the breath of cool wind that rises in my sleeves. Where is Horaisan?[3] Let me ride on this sweet breeze and waft away thither."

The remaining chapters of the "Chaking" treat of the vulgarity of the ordinary methods of tea-drinking, a historical summary of illustrious tea-drinkers, the famous tea plantations of China, the possible variations of the tea-service and illustrations of the tea-utensils. The last is unfortunately lost.

The appearance of the Chaking must have created considerable sensation at the time. Luwuh was befriended by the Emperor Taisung(763-779), and his fame attracted many followers. Some exquisites were said to have been able to detect the tea made by Luwuh from that of his disciples. One mandarin has his name immortalised by his failure to appreciate the tea of this great master.

In the Sung dynasty the whipped tea came into fashion and created the second school of Tea. The leaves were ground to

---

3 The Chinese Elysium.

find powder in a small stone mill, and the preparation was whipped in hot water by a delicate whisk made of split bamboo. The new process led to some change in the tea-equipage of Luwuh, as well as the choice of leaves. Salt was discarded forever. The enthusiasm of the Sung people for tea knew no bounds. Epicures vied with each other in discovering new varieties, and regular tournaments were held to decide their superiority. The Emperor Kiasung(1101-1124), who was too great an artist to be a well-behaved monarch, lavished his treasures on the attainment of rare species. He himself wrote a dissertation on the twenty kinds of tea, among which he prizes the "white tea" as of the rarest and finest quality.

The tea-ideal of the Sungs differed from the Tangs even as their notion of life differed. They sought to actualise what their predecessors tried to symbolise. To the Neo-Confucian mind the cosmic law was not reflected in the phenomenal world, but the phenomenal world was the cosmic law itself. AEons were but moments — Nirvana always within grasp. The Taoist conception that immortality lay in the eternal change permeated all their modes of thought. It was the process, not the deed, which was interesting. It was the completing, not the completion, which was really vital. Man came thus at once face to face with nature. A new meaning grew into the art of life. The tea began to be not a poetical pastime, but one of the methods of self-realisation.

Wangyuchung eulogised tea as "flooding his soul like a direct appeal, that its delicate bitterness reminded him of the after-taste of a good counsel." Sotumpa wrote of the strength of the immaculate purity in tea which defied corruption as a truly virtuous man. Among the Buddhists, the southern Zen sect, which incorporated so much of Taoist doctrines, formulated an elaborate ritual of tea. The monks gathered before the image of Bodhidharma and drank tea out of a single bowl with the profound formality of a holy sacrament. It was this Zen ritual which finally developed into the Tea-ceremony of Japan in the fifteenth century.

Unfortunately the sudden outburst of the Mongol tribes in the thirteenth century which resulted in the devastation and conquest of China under the barbaric rule of the Yuen Emperors, destroyed all the fruits of Sung culture. The native dynasty of the Mings which attempted re-nationalisation in the middle of the fifteenth century was harassed by internal troubles, and China again fell under the alien rule of the Manchus in the seventeenth century. Manners and customs changed to leave no vestige of the former times. The powdered tea is entirely forgotten. We find a Ming commentator at loss to recall the shape of the tea whisk mentioned in one of the Sung classics. Tea is now taken by steeping the leaves in hot water in a bowl or cup. The reason why the western world is innocent of the older method of drinking tea is explained by the fact that Europe knew it only at the close of the Ming dynasty.

To the latter-day Chinese tea is a delicious beverage, but not an ideal. The long woes of his country have robbed him of the zest for the meaning of life. He has become modern, that is to say, old and disenchanted. He has lost that sublime faith in illusions which constitutes the eternal youth and vigour of the poets and ancients. He is an eclectic and politely accepts the traditions of the universe. He toys with Nature, but does not condescend to conquer or worship her. His Leaf-tea is often wonderful with its flower-like aroma, but the romance of the Tang and Sung ceremonials are not to be found in his cup.

Japan, which followed closely on the footsteps of Chinese civilisation, has known the tea in all its three stages. As early as the year 729 we read of the Emperor Shomu giving tea to one hundred monks at his palace in Nara. The leaves were probably imported by our ambassadors to the Tang court and prepared in the way then in fashion. In 801 the monk Saicho brought back some seeds and planted them in Yeisan. Many tea-gardens are heard of in the succeeding centuries, as well as the delight of the aristocracy and priesthood in the beverage. The Sung tea reached us in 1191 with the return of Yeisai-zenji, who went there to study the southern Zen school. The new seeds which he carried home were successfully planted in three places, one of which, the Uji district near Kyoto, bears still the name of producing the best tea in the world. The southern Zen spread with marvellous rapidity, and with it the tea-ritual and the tea-ideal of the Sung. By the fifteenth century, under the patronage of the Shogun, Ashikaga-Yoshimasa, the tea ceremony is fully constituted and made into an independent and secular performance. Since then Teaism is fully established in Japan. The use of the steeped tea of the later China is comparatively recent among us, being only known since the middle of the seventeenth century. It has replaced the powdered tea in ordinary consumption, though the latter still continues to hold its place as the tea of teas.

It is in the Japanese tea ceremony that we see the culmination of tea-ideals. Our successful resistance of the Mongol invasion in 1281 had enabled us to carry on the Sung movement so disastrously cut off in China itself through the nomadic inroad. Tea with us became more than an idealisation of the form of drinking; it is a religion of the art of life. The beverage grew to be an excuse for the worship of purity and refinement, a sacred function at which the host and guest joined to produce for that occasion the utmost beatitude of the mundane. The tea-room was an oasis in the dreary waste of existence where weary travellers could meet to drink from the common spring of art-appreciation. The ceremony was an improvised drama whose plot was woven about the tea, the flowers, and the paintings. Not a colour to disturb the tone of the room, not a sound to mar the rhythm of things, not a gesture to obtrude on the harmony, not a word to break the unity of the surroundings, all movements to be performed simply and naturally — such were the aims of the tea-ceremony. And strangely enough it was often successful. A subtle philosophy lay behind it all. Teaism was Taoism in disguise.

III
TAOISM AND ZENNISM

The connection of Zennism with tea is proverbial. We have already remarked that the tea ceremony was a development of the Zen ritual. The name of Laotse, the founder of Taoism, is also intimately associated with the history of tea. It is written in the Chinese school manual concerning the origin of habits and customs that the ceremony of offering tea to a guest began with Kwanyin, a well-known disciple of Laotse, who first at the gate of the Han Pass presented to the "Old Philosopher" a cup of the golden elixir. We shall not stop to discuss the authenticity of such tales, which are valuable, however, as confirming the early use of the beverage by the Taoists. Our interest in Taoism and Zennism here lies mainly in those ideas regarding life and art which are so embodied in what we call Teaism.

It is to be regretted that as yet there appears to be no adequate presentation of the Taoists and Zen doctrines in any foreign language, though we have had several laudable attempts.[4]

Translation is always a treason, and as a Ming author observes, can at its best be only the reverse side of a brocade, —

all the threads are there, but not the subtlety of colour or design. But, after all, what great doctrine is there which is easy to expound? The ancient sages never put their teachings in systematic form. They spoke in paradoxes, for they were afraid of uttering half-truths. They began by talking like fools and ended by making their hearers wise. Laotse himself, with his quaint humour, says, "If people of inferior intelligence hear of the Tao, they laugh immensely. It would not be the Tao unless they laughed at it."

The Tao literally means a Path. It has been severally translated as the Way, the Absolute, the Law, Nature, Supreme Reason, the Mode. These renderings are not incorrect, for the use of the term by the Taoists differs according to the subject-matter of the inquiry. Laotse himself spoke of it thus: "There is a thing which is all-containing, which was born before the existence of Heaven and Earth. How silent! How solitary! It stands alone and changes not. It revolves without danger to itself and is the mother of the universe. I do not know its name and so call it the Path. With reluctance I call it the infinite. Infinity is the Fleeting, the Fleeting is the Vanishing, the Vanishing is the Reverting." The Tao is in the Passage rather than the Path. It is the spirit of Cosmic

---

4 We should like to call attention to Dr. Paul Carus's admirable translation of the 'Taotei King'. The Open Court Publishing Company, Chicago, 1898.

Change, — the eternal growth which returns upon itself to produce new forms. It recoils upon itself like the dragon, the beloved symbol of the Taoists. It folds and unfolds as do the clouds. The Tao might be spoken of as the Great Transition. Subjectively it is the Mood of the Universe. Its Absolute is the Relative.

It should be remembered in the first place that Taoism, like its legitimate successor Zennism, represents the individualistic trend of the Southern Chinese mind in contradistinction to the communism of Northern China which expressed itself in Confucianism. The Middle Kingdom is as vast as Europe and has a differentiation of idiosyncrasies marked by the two great river systems which traverse it. The Yangtse-Kiang and Hoang-Ho are respectively the Mediterranean and the Baltic. Even today, in spite of centuries of unification, the Southern Celestial differs in his thoughts and beliefs from his Northern brother as a member of the Latin race differs from the Teuton. In ancient days, when communication was even more difficult than at present, and especially during the feudal period, this difference in thought was most pronounced. The art and poetry of the one breathes an atmosphere entirely distinct from that of the other. In Laotse and his followers and in Kutsugen, the forerunner of the Yangtse-Kiang nature-poets, we find an idealism quite inconsistent with the prosaic ethical notions of their contemporary northern writers. Laotse lived five centuries before the Christian Era.

The germ of Taoist speculation may be found long before the advent of Laotse, surnamed the Long-Eared. The archaic records of China, especially the Book of Changes, foreshadow his thought. But the great respect paid to the laws and customs of that classic period of Chinese civilisation which culminated with the establishment of the Chow dynasty in the sixteenth century B.C., kept development of individualism in check for a long while, so that it was not until after the disintegration of the Chow dynasty and the establishment of innumerable independent kingdoms that it was able to blossom forth in the luxuriance of free-thought. Laotse and Soshi (Chuangtse) were both Southerners and the greatest exponents of the New School. On the other hand Confucius with his numerous disciples aimed at retaining ancestral conventions. Taoism cannot be understood without some knowledge of Confucianism and vice versa.

We have said that the Taoist Absolute was the Relative. In ethics the Taoist railed at the laws and the moral codes of society, for to them right and wrong were but relative terms. Definition is always limitation — the "fixed" and "unchangeless" are but terms expressive of a stoppage of growth. Said Kutsugen, "The Sages move the world." Our standards of morality are begotten of the past needs of society, but is society to remain always the same? The observance of communal traditions involves a constant sacrifice of the individual to the state. Education, in order to keep up the mighty delusion, encourages a species of ignorance. People are not taught to be really virtuous, but to behave properly. We are wicked because we are frightfully self-conscious. We never forgive others because we know that we ourselves are in the wrong. We nurse a conscience because we are afraid to tell the truth to others; we take refuge in pride because we are afraid to tell the truth to ourselves. How can one be serious with the world when the world itself is so ridiculous! The spirit of barter is everywhere. Honour and chastity! Behold the complacent salesman retailing the Good and True. One can even buy a so-called Religion, which is really but common morality sanctified with flowers and music. Rob the church of her accessories and what remains behind? Yet the trusts thrive marvellously, for the prices are absurdly cheap, — a prayer for a ticket to heaven, a diploma for an honourable citizenship. Hide yourself under a bushel quickly, for if your real usefulness were known to the world you would soon be knocked down to the highest bidder by the public auctioneer. Why do men and women like to advertise themselves so much? Is it not but an instinct derived from the days of slavery?

The virility of the idea lies not less in its power of breaking through contemporary thought than in its capacity for dominating subsequent movements. Taoism was an active power during the Shin dynasty, that epoch of Chinese unification from which we derive the name China. It would be interesting had we time to note its influence on contemporary thinkers, the mathematicians, writers on law and war, the mystics and alchemists and the later nature-poets of Yangtse-Kiang. We should not even ignore those speculators on Reality who doubted whether a white horse was real because he was white, or because he was solid, nor the Conversationalists of the Six dynasties who, like the Zen philosophers, revelled in discussions concerning the Pure and the Abstract. Above all we should pay homage to Taoism for what it has done toward the formation of the Celestial character, giving to it a certain capacity for reserve and refinement as "warm as jade." Chinese history is full of instances in which the votaries of Taoism, princes and hermits alike, followed with varied and interesting results the teachings of their creed. The tale will not be without its quota of instruction and amusement. It will be rich in anecdotes, allegories, and aphorisms. We would fain be on speaking terms with the delightful emperor who never died because he never lived. We may ride the wind with Liehtse and find it absolutely quiet because we ourselves are the wind, or dwell in mid-air with the Aged One of the Hoang-Ho, who lived betwixt Heaven and Earth because he was subject to neither the one nor the other. Even in that grotesque apology for Taoism which we find in

China at the present day, we can revel in a wealth of imagery impossible to find in any other cult.

But the chief contribution of Taoism to Asiatic life has been in the realm of aesthetics. Chinese historians have always spoken of Taoism as the "art of being in the world," for it deals with the present — ourselves. It is in us that God meets with Nature, and yesterday parts from tomorrow. The Present is the moving infinity, the legitimate sphere of the Relative. Relativity seeks adjustment; Adjustment is Art. The art of life lies in a constant readjustment to our surroundings. Taoism accepts the mundane as it is and, unlike the Confucians and the Buddhists, tries to find beauty in our world of woe and worry. The Sung allegory of the Three Vinegar Tasters explains admirably the trend of the three doctrines. Sakyamuni, Confucius, and Laotse once stood before a jar of vinegar — the emblem of life — and each dipped in his finger to taste the brew. The matter-of-fact Confucius found it sour, the Buddha called it bitter, and Laotse pronounced it sweet.

The Taoists claimed that the comedy of life could be made more interesting if everyone would preserve the unities. To keep the proportion of things and give place to others without losing one's own position was the secret of success in the mundane drama. We must know the whole play in order to properly act our parts; the conception of totality must never be lost in that of the individual. This Laotse illustrates by his favorite metaphor of the Vacuum. He claimed that only in vacuum lay the truly essential. The reality of a room, for instance, was to be found in the vacant space enclosed by the roof and walls, not in the roof and walls themselves. The usefulness of a water pitcher dwelt in the emptiness where water might be put, not in the form of the pitcher or the material of which it was made. Vacuum is all potent because all containing. In vacuum alone motion becomes possible. One who could make of himself a vacuum into which others might freely enter would become master of all situations. The whole can always dominate the part.

These Taoists' ideas have greatly influenced all our theories of action, even to those of fencing and wrestling. Jiu-jitsu, the Japanese art of self-defence, owes its name to a passage in the Taoteiking. In jiu-jitsu one seeks to draw out and exhaust the enemy's strength by non-resistance, vacuum, while conserving one's own strength for victory in the final struggle. In art the importance of the same principle is illustrated by the value of suggestion. In leaving something unsaid the beholder is given a chance to complete the idea and thus a great masterpiece irresistibly rivets your attention until you seem to become actually a part of it. A vacuum is there for you to enter and fill up to the full measure of your aesthetic emotion.

He who had made himself master of the art of living was the

Real Man of the Taoist. At birth he enters the realm of dreams only to awaken to reality at death. He tempers his own brightness in order to merge himself into the obscurity of others. He is "reluctant, as one who crosses a stream in winter; hesitating as one who fears the neighbourhood; respectful, like a guest; trembling, like ice that is about to melt; unassuming, like a piece of wood not yet carved; vacant, like a valley; formless, like troubled waters." To him the three jewels of life were Pity, Economy, and Modesty.

If now we turn our attention to Zennism we shall find that it emphasises the teachings of Taoism. Zen is a name derived from the Sanskrit word Dhyana, which signifies meditation. It claims that through consecrated meditation may be attained supreme self-realisation. Meditation is one of the six ways through which Buddhahood may be reached, and the Zen sectarians affirm that Sakyamuni laid special stress on this method in his later teachings, handing down the rules to his chief disciple Kashiapa. According to their tradition Kashiapa, the first Zen patriarch, imparted the secret to Ananda, who in turn passed it on to successive patriarchs until it reached Bodhi-Dharma, the twenty-eighth. Bodhi-Dharma came to Northern China in the early half of the sixth century and was the first patriarch of Chinese Zen. There is much uncertainty about the history of these patriarchs and their doctrines. In its philosophical aspect early Zennism seems to have affinity on one hand to the Indian Negativisim of Nagarjuna and on the other to the Gnan philosophy formulated by Sancharacharya. The first teaching of Zen as we know it at the present day must be attributed to the sixth Chinese patriarch Yeno(637-713), founder of Southern Zen, so-called from the fact of its predominance in Southern China. He is closely followed by the great Baso(died 788) who made of Zen a living influence in Celestial life. Hiakujo(719-814), the pupil of Baso, first instituted the Zen monastery and established a ritual and regulations for its government. In the discussions of the Zen school after the time of Baso we find the play of the Yangtse-Kiang mind causing an accession of native modes of thought in contrast to the former Indian idealism. Whatever sectarian pride may assert to the contrary one cannot help being impressed by the similarity of Southern Zen to the teachings of Laotse and the Taoist Conversationalists. In the Taoteiking we already find allusions to the importance of self-concentration and the need of properly regulating the breath — essential points in the practice of Zen meditation. Some of the best commentaries on the book of Laotse have been written by Zen scholars.

Zennism, like Taoism, is the worship of Relativity. One master defines Zen as the art of feeling the polar star in the southern sky. Truth can be reached only through the comprehension of opposites. Again, Zennism, like Taoism, is a strong advocate of individualism. Nothing is real except that which concerns the working of our own minds. Yeno, the sixth patriarch, once saw two monks watching the flag of a pagoda fluttering in the wind. One said "It is the wind that moves," the other said "It is the flag that moves"; but Yeno explained to them that the real movement was neither of the wind nor the flag, but of something within their own minds. Hiakujo was walking in the forest with a disciple when a hare scurried off at their approach. "Why does the hare fly from you?" asked Hiakujo. "Because he is afraid of me," was the answer. "No," said the master, "it is because you have a murderous instinct." This dialogue recalls that of Soshi(Chuangtse), the Taoist. One day Soshi was walking on the bank of a river with a friend. "How delightfully the fishes are enjoying themselves in the water!" exclaimed Soshi. His friend spake to him thus: "You are not a fish; how do you know that the fishes are enjoying themselves?" "You are not myself," returned Soshi; "how do you know that I do not know that the fishes are enjoying themselves?"

Zen was often opposed to the precepts of orthodox Buddhism even as Taoism was opposed to Confucianism. To the transcendental insight of the Zen, words were but an incumbrance to thought; the whole sway of Buddhist scriptures only commentaries on personal speculation. The followers of Zen aimed at direct communion with the inner nature of things, regarding their outward accessories only as impediments to a clear perception of truth. It was this love of the Abstract that led the Zen to prefer black and white sketches to the elaborately coloured paintings of the classic Buddhist School. Some of the Zen even became iconoclastic as a result of their endeavor to recognise the Buddha in themselves rather than through images and symbolism. We find Tankawosho breaking up a wooden statue of Buddha on a wintry day to make a fire. "What sacrilege!" said the horror-stricken bystander. "I wish to get the Shali[5] out of the ashes," calmly rejoined the Zen. "But you certainly will not get Shali from this image!" was the angry retort, to which Tanka replied, "If I do not, this is certainly not a Buddha and I am committing no sacrilege." Then he turned to warm himself over the kindling fire.

A special contribution of Zen to Eastern thought was its recognition of the mundane as of equal importance with the spiritual. It held that in the great relation of things there was no distinction of small and great, an atom possessing equal possibilities with the universe. The seeker for perfection must discover in his own life the reflection of the inner light. The organisation of the Zen monastery was very significant of this point of view. To every member, except the abbot, was assigned

---

5 The precious jewels formed in the bodies of Buddhas after cremation.

some special work in the care-taking of the monastery, and curiously enough, to the novices were committed the lighter duties, while to the most respected and advanced monks were given the more irksome and menial tasks. Such services formed a part of the Zen discipline and every least action must be done absolutely perfectly. Thus many a weighty discussion ensued while weeding the garden, paring a turnip, or serving tea. The whole ideal of Teaism is a result of this Zen conception of greatness in the smallest incidents of life. Taoism furnished the basis for aesthetic ideals, Zennism made them practical.

IV

THE TEA-ROOM

To European architects brought up on the traditions of stone and brick construction, our Japanese method of building with wood and bamboo seems scarcely worthy to be ranked as architecture. It is but quite recently that a competent student of western architecture has recognised and paid tribute to the remarkable perfection of our great temples.[6] Such being the case as regards our classic architecture, we could hardly expect the outsider to appreciate the subtle beauty of the tea-room, its principles of construction and decoration being entirely different from those of the West.

The tea-room (the sukiya) does not pretend to be other than a mere cottage — a straw hut, as we call it. The original ideographs for sukiya mean the Abode of Fancy. Latterly the various tea-masters substituted various Chinese characters according to their conception of the tea-room, and the term sukiya may signify the Abode of Vacancy or the Abode of the Unsymmetrical. It is an Abode of Fancy inasmuch as it is an

---

6 We refer to Ralph N. Cram's Impressions of Japanese Architecture and the Allied Art. The Baker & Taylor Co., New York, 1905.

ephemeral structure built to house a poetic impulse. It is an Abode of Vacancy inasmuch as it is devoid of ornamentation except for what may be placed in it to satisfy some aesthetic need of the moment. It is an Abode of the Unsymmetrical inasmuch as it is consecrated to the worship of the imperfect, purposely leaving something unfinished for the play of the imagination to complete. The ideals of Teaism have since the sixteenth century influenced our architecture to such degree that the ordinary Japanese interior of the present day, on account of the extreme simplicity and chasteness of its scheme of decoration, appears to foreigners almost barren.

The first independent tea-room was the creation of Senno-Soyeki, commonly known by his later name of Rikiu, the greatest of all tea-masters, who, in the sixteenth century, under the patronage of Taiko-Hideyoshi, instituted and brought to a high state of perfection the formalities of the Tea-ceremony. The proportions of the tea-room had been previously determined by Jowo — a famous tea-master of the fifteenth century. The early tea-room consisted merely of a portion of the ordinary drawing-room partitioned off by screens for the purpose of the tea-gathering. The portion partitioned off was called the kakoi (enclosure), a name still applied to those tea-rooms which are built into a house and are not independent constructions. The sukiya consists of the tea-room proper, designed to accommodate not more than five persons, a number suggestive of the saying "more than the Graces and less than the Muses," an anteroom (midsuya) where the tea utensils are washed and arranged before being brought in, a portico (machiai) in which the guests wait until they receive the summons to enter the tea-room, and a garden path (the roji) which connects the machiai with the tea-room. The tea-room is unimpressive in appearance. It is smaller than the smallest of Japanese houses, while the materials used in its construction are intended to give the suggestion of refined poverty. Yet we must remember that all this is the result of profound artistic forethought, and that the details have been worked out with care perhaps even greater than that expended on the building of the richest palaces and temples. A good tea-room is more costly than an ordinary mansion, for the selection of its materials, as well as its workmanship, requires immense care and precision. Indeed, the carpenters employed by the tea-masters form a distinct and highly honoured class among artisans, their work being no less delicate than that of the makers of lacquer cabinets.

The tea-room is not only different from any production of Western architecture, but also contrasts strongly with the classical architecture of Japan itself. Our ancient noble edifices, whether secular or ecclesiastical, were not to be despised even as regards their mere size. The few that have been spared in the disastrous conflagrations of centuries are still capable of aweing us by the grandeur and richness of their decoration. Huge pillars of wood from two to three feet in diameter and from thirty to forty feet high, supported, by a complicated network of brackets, the enormous beams which groaned under the weight of the tile-covered slanting roofs. The material and mode of construction, though weak against fire, proved itself strong against earthquakes, and was well suited to the climatic conditions of the country. In the Golden Hall of Horiuji and the Pagoda of Yakushiji, we have noteworthy examples of the durability of our wooden architecture. These buildings have practically stood intact for nearly twelve centuries. The interior of the old temples and palaces was profusely decorated. In the Hoodo temple at Uji, dating from the tenth century, we can still see the elaborate canopy and gilded baldachins, many-coloured and inlaid with mirrors and mother-of-pearl, as well as remains of the paintings and sculpture which formerly covered the walls. Later, at Nikko and in the Nijo castle in Kyoto, we see structural beauty sacrificed to a wealth of ornamentation which in colour and exquisite detail equals the utmost gorgeousness of Arabian or Moorish effort.

The simplicity and purism of the tea-room resulted from emulation of the Zen monastery. A Zen monastery differs from those of other Buddhist sects inasmuch as it is meant only to be a dwelling place for the monks. Its chapel is not a place of worship or pilgrimage, but a college room where the students congregate for discussion and the practice of meditation. The room is bare except for a central alcove in which, behind the altar, is a statue of Bodhi Dharuma, the founder of the sect, or of Sakyamuni attended by Kashiapa and Ananda, the two earliest Zen patriarchs. On the altar, flowers and incense are offered up in memory of the great contributions which these sages made to Zen. We have already said that it was the ritual instituted by the Zen monks of successively drinking tea out of a bowl before the image of Bodhi Dharuma, which laid the foundations of the tea-ceremony. We might add here that the altar of the Zen chapel was the prototype of the tokonoma, — the place of honour in a Japanese room where paintings and flowers are placed for the edification of the guests.

All our great tea-masters were students of Zen and attempted to introduce the spirit of Zennism into the actualities of life. Thus the room, like the other equipments of the tea-ceremony, reflects many of the Zen doctrines. The size of the orthodox tea-room, which is four mats and a half, or ten feet square, is determined by a passage in the sutra of Vikramadytia. In that interesting work, Vikramadytia welcomes the Saint Manjushiri and eighty-four thousand disciples of Buddha in a room of this size — an allegory based on the theory of the non-existence of space to the truly enlightened. Again the roji, the garden path which leads from the machiai to the tea-room, signified the first stage of meditation, — the passage into self-illumination. The roji was intended to break connection with the outside world, and to produce a fresh sensation conducive to the full enjoyment of aestheticism in the tea-room itself. One who has trodden this garden path cannot fail to remember how his spirit, as he walked in the twilight of evergreens over the regular irregularities of the stepping stones, beneath which lay dried pine needles, and passed beside the moss-covered granite lanterns, became uplifted above ordinary thoughts. One may be in the midst of a city, and yet feel as if he were in the forest far away from the dust and din of civilisation. Great was the ingenuity displayed by the tea-masters in producing these effects of serenity and purity. The nature of the sensations to be aroused in passing through the roji, differed with different tea-masters. Some, like Rikiu, aimed at utter loneliness, and claimed the secret of making a roji was contained in the ancient ditty:

I look beyond;
Flowers are not,
Nor tinted leaves.
On the sea beach
A solitary cottage stands

In the waning light
Of an autumn eve.

Others, like Kobori-Enshiu, sought for a different effect. Enshiu said the idea of the garden path was to be found in the following verses:

A cluster of summer trees,
A bit of the sea,
A pale evening moon.

It is not difficult to gather his meaning. He wished to creat the attitude of a newly awakened soul still lingering amid shadowy dreams of the past, yet bathing in the sweet unconsciousness of a mellow spiritual light, and yearning for the freedom that lay in the expanse beyond.

Thus prepared the guest will silently approach the sanctuary, and, if a samurai, will leave his sword on the rack beneath the eaves, the tea-room being preeminently the house of peace. Then he will bend low and creep into the room through a small door not more than three feet in height. This proceeding was incumbent on all guests — high and low alike — and was intended to inculcate humility. The order of precedence having been mutually agreed upon while resting in the machiai, the guests one by one will enter noiselessly and take their seats, first making obeisance to the picture or flower arrangement on the tokonoma. The host will not enter the room until all the guests have seated themselves and quiet reigns with nothing to break the silence save the note of the boiling water in the iron kettle. The kettle sings well, for pieces of iron are so arranged in the bottom as to produce a peculiar melody in which one may hear the echoes of a cataract muffled by clouds, of a distant sea breaking among the rocks, a rainstorm sweeping through a bamboo forest, or of the soughing of pines on some faraway hill.

Even in the daytime the light in the room is subdued, for the low eaves of the slanting roof admit but few of the sun's rays. Everything is sober in tint from the ceiling to the floor; the guests themselves have carefully chosen garments of unobtrusive colours. The mellowness of age is over all, everything suggestive of recent acquirement being tabooed save only the one note of contrast furnished by the bamboo dipper and the linen napkin, both immaculately white and new. However faded the tea-room and the tea-equipage may seem, everything is absolutely clean. Not a particle of dust will be found in the darkest corner, for if any exists the host is not a tea-master. One of the first requisites of a tea-master is the knowledge of how to sweep, clean, and wash, for there is an art in cleaning and dusting. A piece of antique metal work must not be attacked with the unscrupulous zeal of the Dutch housewife. Dripping water from a flower vase need not be wiped away, for it may be suggestive of dew and coolness.

In this connection there is a story of Rikiu which well illustrates the ideas of cleanliness entertained by the tea-masters. Rikiu was watching his son Shoan as he swept and watered the garden path. "Not clean enough," said Rikiu, when Shoan had finished his task, and bade him try again. After a weary hour the son turned to Rikiu: "Father, there is nothing more to be done. The steps have been washed for the third time, the stone lanterns and the trees are well sprinkled with water, moss and lichens are shining with a fresh verdure; not a twig, not a leaf have I left on the ground." "Young fool," chided the tea-master, "that is not the way a garden path should be swept." Saying this, Rikiu stepped into the garden, shook a tree and scattered over the garden gold and crimson leaves, scraps of the brocade of autumn! What Rikiu demanded was not cleanliness alone, but the beautiful and the natural also.

The name, Abode of Fancy, implies a structure created to meet some individual artistic requirement. The tea-room is made for the tea-master, not the tea-master for the tea-room. It is not intended for posterity and is therefore ephemeral. The idea that everyone should have a house of his own is based on an ancient custom of the Japanese race, Shinto superstition ordaining that every dwelling should be evacuated on the death of its chief occupant. Perhaps there may have been some unrealised sanitary reason for this practice. Another early custom was that a newly built house should be provided for each couple that married. It is on account of such customs that we find the Imperial capitals so frequently removed from one site to another in ancient days. The rebuilding, every twenty years, of Ise Temple, the supreme shrine of the Sun-Goddess, is an example of one of these ancient rites which still obtain at the present day. The observance of these customs was only possible with some such form of construction as that furnished by our system of wooden architecture, easily pulled down, easily built up. A more lasting style, employing brick and stone, would have rendered migrations impracticable, as indeed they became when the more stable and massive wooden construction of China was adopted by us after the Nara period.

With the predominance of Zen individualism in the fifteenth century, however, the old idea became imbued with a deeper significance as conceived in connection with the tea-room. Zennism, with the Buddhist theory of evanescence and its demands for the mastery of spirit over matter, recognised the house only as a temporary refuge for the body. The body itself was but as a hut in the wilderness, a flimsy shelter made by tying together the grasses that grew around, — when these ceased to be bound together they again became resolved into the original waste. In the tea-room fugitiveness is suggested in the thatched roof, frailty in the slender pillars, lightness in the bamboo support, apparent carelessness in the use of commonplace materials. The eternal is to be found only in the spirit which, embodied in these simple surroundings, beautifies them with the subtle light of its refinement.

That the tea-room should be built to suit some individual taste is an enforcement of the principle of vitality in art. Art, to be fully appreciated, must be true to contemporaneous life. It is not that we should ignore the claims of posterity, but that we should seek to enjoy the present more. It is not that we should disregard the creations of the past, but that we should try to assimilate them into our consciousness. Slavish conformity to traditions and formulas fetters the expression of individuality in architecture. We can but weep over those senseless imitations of European buildings which one beholds in modern Japan. We marvel why, among the most progressive Western nations, architecture should be so devoid of originality, so replete with repetitions of obsolete styles. Perhaps we are now passing through an age of democratisation in art, while awaiting the rise of some princely master who shall establish a new dynasty. Would that we loved the ancients more and copied them less! It has been said that the Greeks were great because they never drew from the antique.

The term, Abode of Vacancy, besides conveying the Taoist theory of the all-containing, involves the conception of a continued need of change in decorative motives. The tea-room is absolutely empty, except for what may be placed there temporarily to satisfy some aesthetic mood. Some special art object is brought in for the occasion, and everything else is selected and arranged to enhance the beauty of the principal theme. One cannot listen to different pieces of music at the same time, a real comprehension of the beautiful being possible only through concentration upon some central motive. Thus it will be seen that the system of decoration in our tea-rooms is opposed to that which obtains in the West, where the interior of a house is often converted into a museum. To a Japanese, accustomed to simplicity of ornamentation and frequent change of decorative method, a Western interior permanently filled with a vast array of pictures, statuary, and bric-a-brac gives the impression of mere vulgar display of riches. It calls for a mighty wealth of appreciation to enjoy the constant sight of even a masterpiece, and limitless indeed must be the capacity for artistic feeling in those who can exist day after day in the midst of such confusion of colour and form as is to be often seen in the homes of Europe and America.

The "Abode of the Unsymmetrical" suggests another phase of our decorative scheme. The absence of symmetry in Japanese art objects has been often commented on by Western critics. This, also, is a result of a working out through Zennism of Taoist ideals. Confucianism, with its deep-seated idea of dualism, and Northern Buddhism with its worship of a trinity, were in no way opposed to the expression of symmetry. As a matter of fact, if we study the ancient bronzes of China or the religious arts of the Tang dynasty and the Nara period, we shall recognise a constant striving after symmetry. The decoration of our classical interiors was decidedly regular in its arrangement. The Taoist and Zen conception of perfection, however, was different. The dynamic nature of their philosophy laid more stress upon the process through which perfection was sought than upon perfection itself. True beauty could be discovered only by one who mentally completed the incomplete. The virility of life and art lay in its possibilities for growth. In the tea-room it is left for each guest in imagination to complete the total effect in relation to himself. Since Zennism has become the prevailing mode of thought, the art of the extreme Orient has purposely avoided the symmetrical as expressing not only completion, but repetition. Uniformity of design was considered as fatal to the freshness of imagination. Thus, landscapes, birds, and flowers became the favorite subjects for depiction rather than the human figure, the latter being present in the person of the beholder himself. We are often too much in evidence as it is, and in spite of our vanity even self-regard is apt to become monotonous.

In the tea-room the fear of repetition is a constant presence. The various objects for the decoration of a room should be so selected that no colour or design shall be repeated. If you have a living flower, a painting of flowers is not allowable. If you are using a round kettle, the water pitcher should be angular. A cup with a black glaze should not be associated with a tea-caddy of black lacquer. In placing a vase or an incense burner on the tokonoma, care should be taken not to put it in the exact centre, lest it divide the space into equal halves. The pillars of the tokonoma should be of a different kind of wood from the other pillars, in order to break any suggestion of monotony in the room.

Here again the Japanese method of interior decoration differs from that of the Occident, where we see objects arrayed symmetrically on mantelpieces and elsewhere. In Western houses we are often confronted with what appears to us useless reiteration. We find it trying to talk to a man while his full-length portrait stares at us from behind his back. We wonder which is real, he of the picture or he who talks, and feel a curious conviction that one of them must be fraud. Many a time have we sat at a festive board contemplating, with a secret shock to our digestion, the representation of abundance on the dining-room walls. Why these pictured victims of chase and sport, the elaborate carvings of fishes and fruit? Why the display of family plates, reminding us of those who have dined and are dead?

The simplicity of the tea-room and its freedom from vulgarity make it truly a sanctuary from the vexations of the outer world. There and there alone can one consecrate himself to undisturbed adoration of the beautiful. In the sixteenth century the tea-room afforded a welcome respite from labour to the fierce warriors and statesmen engaged in the unification and reconstruction of Japan. In the seventeenth century, after the strict formalism of the Tokugawa rule had been developed, it offered the only opportunity possible for the free communion of artistic spirits. Before a great work of art there was no distinction between daimyo, samurai, and commoner. Nowadays industrialism is making true refinement more and more difficult all the world over. Do we not need the tea-room more than ever?

V

ART APPRECIATION

H ave you heard the Taoist tale of The Taming of the Harp?
Once in the hoary ages in the Ravine of Lungmen[7] stood
a kiri tree, a veritable king of the forest. It reared its head to talk
to the stars; its roots struck deep into the earth, mingling their
bronzed coils with those of the silver dragon that slept beneath.
And it came to pass that a mighty wizard made of this tree a
wondrous harp, whose stubborn spirit should be tamed but by
the greatest of musicians. For long the instrument was treasured
by the Emperor of China, but all in vain were the efforts of those
who in turn tried to draw melody from its strings. In response to
their utmost strivings there came from the harp but harsh notes
of disdain, ill-according with the songs they fain would sing. The
harp refused to recognise a master.

At last came Peiwoh, the prince of harpists. With tender hand
he caressed the harp as one might seek to soothe an unruly
horse, and softly touched the chords. He sang of nature and the
seasons, of high mountains and flowing waters, and all the
memories of the tree awoke! Once more the sweet breath of

---

7 The Dragon Gorge of Honan.

spring played amidst its branches. The young cataracts, as they danced down the ravine, laughed to the budding flowers. Anon were heard the dreamy voices of summer with its myriad insects, the gentle pattering of rain, the wail of the cuckoo. Hark! A tiger roars, — the valley answers again. It is autumn; in the desert night, sharp like a sword gleams the moon upon the frosted grass. Now winter reigns, and through the snow-filled air swirl flocks of swans and rattling hailstones beat upon the boughs with fierce delight.

Then Peiwoh changed the key and sang of love. The forest swayed like an ardent swain deep lost in thought. On high, like a haughty maiden, swept a cloud bright and fair; but passing, trailed long shadows on the ground, black like despair. Again the mode was changed; Peiwoh sang of war, of clashing steel and trampling steeds. And in the harp arose the tempest of Lungmen, the dragon rode the lightening, the thundering avalanche crashed through the hills. In ecstasy the Celestial monarch asked Peiwoh wherein lay the secret of his victory. "Sire," he replied, "others have failed because they sang but of themselves. I left the harp to choose its theme, and knew not truly whether the harp had been Peiwoh or Peiwoh were the harp."

This story well illustrates the mystery of art appreciation. The masterpiece is a symphony played upon our finest feelings. True art is Peiwoh, and we the harp of Lungmen. At the magic touch of the beautiful the secret chords of our being are awakened, we vibrate and thrill in response to its call. Mind speaks to mind. We listen to the unspoken, we gaze upon the unseen. The master calls forth notes we know not of. Memories long forgotten all come back to us with a new significance. Hopes stifled by fear, yearnings that we dare not recognise, stand forth in new glory. Our mind is the canvas on which the artists lay their colour; their pigments are our emotions; their chiaroscuro the light of joy, the shadow of sadness. The masterpiece is of ourselves, as we are of the masterpiece.

The sympathetic communion of minds necessary for art appreciation must be based on mutual concession. The spectator must cultivate the proper attitude for receiving the message, as the artist must know how to impart it. The tea-master, Kobori-Enshiu, himself a daimyo, has left to us these memorable words: "Approach a great painting as thou wouldst approach a great prince." In order to understand a masterpiece, you must lay yourself low before it and await with bated breath its least utterance. An eminent Sung critic once made a charming confession. Said he: "In my young days I praised the master whose pictures I liked, but as my judgment matured I praised myself for liking what the masters had chose to have me like." It is to be deplored that so few of us really take pains to study the moods of the masters. In our stubborn ignorance we refuse to render them this simple courtesy, and thus often miss the rich repast of beauty spread before our very eyes. A master has always something to offer, while we go hungry solely because of our own lack of appreciation.

To the sympathetic a masterpiece becomes a living reality toward which we feel drawn in bonds of comradeship. The masters are immortal, for their loves and fears live in us over and over again. It is rather the soul than the hand, the man than the technique, which appeals to us, — the more human the call the deeper is our response. It is because of this secret understanding between the master and ourselves that in poetry or romance we suffer and rejoice with the hero and heroine. Chikamatsu, our Japanese Shakespeare, has laid down as one of the first principles of dramatic composition the importance of taking the audience into the confidence of the author. Several of his pupils submitted plays for his approval, but only one of the pieces appealed to him. It was a play somewhat resembling the Comedy of Errors, in which twin brethren suffer through mistaken identity. "This," said Chikamatsu, "has the proper spirit of the drama, for it takes the audience into consideration. The public is permitted to know more than the actors. It knows where the mistake lies, and pities the poor figures on the board who innocently rush to their fate."

The great masters both of the East and the West never forgot the value of suggestion as a means for taking the spectator into their confidence. Who can contemplate a masterpiece without being awed by the immense vista of thought presented to our consideration? How familiar and sympathetic are they all; how cold in contrast the modern commonplaces! In the former we feel the warm outpouring of a man's heart; in the latter only a formal salute. Engrossed in his technique, the modern rarely rises above himself. Like the musicians who vainly invoked the Lungmen harp, he sings only of himself. His works may be nearer science, but are further from humanity. We have an old saying in Japan that a woman cannot love a man who is truly vain, for there is no crevice in his heart for love to enter and fill up. In art vanity is equally fatal to sympathetic feeling, whether on the part of the artist or the public.

Nothing is more hallowing than the union of kindred spirits in art. At the moment of meeting, the art lover transcends himself. At once he is and is not. He catches a glimpse of infinity, but words cannot voice his delight, for the eye has no tongue. Freed from the fetters of matter, his spirit moves in the rhythm of things. It is thus that art becomes akin to religion and ennobles mankind. It is this which makes a masterpiece something sacred. In the old days the veneration in which the Japanese held the work of the great artist was intense. The tea-masters guarded their treasures with religious secrecy, and it was often necessary to open a whole series of boxes, one within another, before reaching the shrine itself — the silken wrapping within whose soft folds lay the holy of holies. Rarely was the object exposed to view, and then only to the initiated.

At the time when Teaism was in the ascendency the Taiko's generals would be better satisfied with the present of a rare work of art than a large grant of territory as a reward of victory. Many of our favourite dramas are based on the loss and recovery of a noted masterpiece. For instance, in one play the palace of Lord Hosokawa, in which was preserved the celebrated painting of Dharuma by Sesson, suddenly takes fire through the negligence of the samurai in charge. Resolved at all hazards to rescue the precious painting, he rushes into the burning building and seizes the kakemono, only to find all means of exit cut off by the flames. Thinking only of the picture, he slashes open his body with his sword, wraps his torn sleeve about the Sesson and plunges it into the gaping wound. The fire is at last extinguished. Among the smoking embers is found a half-consumed corpse, within which reposes the treasure uninjured by the fire. Horrible as such tales are, they illustrate the great value that we set upon a masterpiece, as well as the devotion of a trusted samurai.

We must remember, however, that art is of value only to the extent that it speaks to us. It might be a universal language if we ourselves were universal in our sympathies. Our finite nature, the power of tradition and conventionality, as well as our hereditary instincts, restrict the scope of our capacity for artistic enjoyment. Our very individuality establishes in one sense a limit to our understanding; and our aesthetic personality seeks its own affinities in the creations of the past. It is true that with cultivation our sense of art appreciation broaden, and we become able to enjoy many hitherto unrecognised expressions of beauty. But, after all, we see only our own image in the universe, — our particular idiosyncrasies dictate the mode of our perception. The tea-masters collected only objects which fell strictly within the measure of their individual appreciation.

One is reminded in this connection of a story concerning Kobori-Enshiu. Enshiu was complimented by his disciples on the admirable taste he had displayed in the choice of his collection. Said they, "Each piece is such that no one could help admiring. It shows that you had better taste than had Rikiu, for his collection could only be appreciated by one beholder in a thousand." Sorrowfully Enshiu replied: "This only proves how commonplace I am. The great Rikiu dared to love only those objects which personally appealed to him, whereas I unconsciously cater to the taste of the majority. Verily, Rikiu was one in a thousand among tea-masters."

It is much to be regretted that so much of the apparent

enthusiasm for art at the present day has no foundation in real feeling. In this democratic age of ours men clamour for what is popularly considered the best, regardless of their feelings. They want the costly, not the refined; the fashionable, not the beautiful. To the masses, contemplation of illustrated periodicals, the worthy product of their own industrialism, would give more digestible food for artistic enjoyment than the early Italians or the Ashikaga masters, whom they pretend to admire. The name of the artist is more important to them than the quality of the work. As a Chinese critic complained many centuries ago, "People criticise a picture by their ear." It is this lack of genuine appreciation that is responsible for the pseudo-classic horrors that today greet us wherever we turn.

Another common mistake is that of confusing art with archaeology. The veneration born of antiquity is one of the best traits in the human character, and fain would we have it cultivated to a greater extent. The old masters are rightly to be honoured for opening the path to future enlightenment. The mere fact that they have passed unscathed through centuries of criticism and come down to us still covered with glory commands our respect. But we should be foolish indeed if we valued their achievement simply on the score of age. Yet we allow our historical sympathy to override our aesthetic discrimination. We offer flowers of approbation when the artist is safely laid in his grave. The nineteenth century, pregnant with the theory of evolution, has moreover created in us the habit of losing sight of the individual in the species. A collector is anxious to acquire specimens to illustrate a period or a school, and forgets that a single masterpiece can teach us more than any number of the mediocre products of a given period or school. We classify too much and enjoy too little. The sacrifice of the aesthetic to the so-called scientific method of exhibition has been the bane of many museums.

The claims of contemporary art cannot be ignored in any vital scheme of life. The art of today is that which really belongs to us: it is our own reflection. In condemning it we but condemn ourselves. We say that the present age possesses no art: — who is responsible for this? It is indeed a shame that despite all our rhapsodies about the ancients we pay so little attention to our own possiblities. Struggling artists, weary souls lingering in the shadow of cold disdain! In our self-centered century, what inspiration do we offer them? The past may well look with pity at the poverty of our civilisation; the future will laugh at the barrenness of our art. We are destroying art in destroying the beautiful in life. Would that some great wizard might from the stem of society shape a mighty harp whose strings would resound to the touch of genius.

VI

FLOWERS

In the trembling grey of a spring dawn, when the birds were whispering in mysterious cadence among the trees, have you not felt that they were talking to their mates about the flowers? Surely with mankind the appreciation of flowers must have been coeval with the poetry of love. Where better than in a flower, sweet in its unconsciousness, fragrant because of its silence, can we image the unfolding of a virgin soul? The primeval man in offering the first garland to his maiden thereby transcended the brute. He became human in thus rising above the crude necessities of nature. He entered the realm of art when he perceived the subtle use of the useless.

In joy or sadness, flowers are our constant friends. We eat, drink, sing, dance, and flirt with them. We wed and christen with flowers. We dare not die without them. We have worshipped with the lily, we have meditated with the lotus, we have charged in battle array with the rose and the chrysanthemum. We have even attempted to speak in the language of flowers. How could we live without them? It frightens one to conceive of a world bereft of their presence. What solace do they not bring to the bedside of the sick, what a light of bliss to the darkness of weary spirits? Their serene tenderness restores to us our waning confidence in the universe even as the intent gaze of a beautiful child recalls our lost hopes. When we are laid low in the dust it is they who linger in sorrow over our graves.

Sad as it is, we cannot conceal the fact that in spite of our companionship with flowers we have not risen very far above the brute. Scratch the sheepskin and the wolf within us will soon show his teeth. It has been said that man at ten is an animal, at twenty a lunatic, at thirty a failure, at forty a fraud, and at fifty a criminal. Perhaps he becomes a criminal because he has never ceased to be an animal. Nothing is real to us but hunger, nothing sacred except our own desires. Shrine after shrine has crumbled before our eyes; but one altar forever is preserved, that whereon we burn incense to the supreme idol — ourselves. Our god is great, and money is his Prophet! We devastate nature in order to make sacrifice to him. We boast that we have conquered Matter and forget that it is Matter that has enslaved us. What atrocities do we not perpetrate in the name of culture and refinement!

Tell me, gentle flowers, teardrops of the stars, standing in the garden, nodding your heads to the bees as they sing of the dews and the sunbeams, are you aware of the fearful doom that awaits you? Dream on, sway and frolic while you may in the gentle breezes of summer. Tomorrow a ruthless hand will close around your throats. You will be wrenched, torn asunder limb by limb, and borne away from your quiet homes. The wretch, she may be passing fair. She may say how lovely you are while her fingers are still moist with your blood. Tell me, will this be kindness? It may be your fate to be imprisoned in the hair of one whom you know to be heartless or to be thrust into the buttonhole of one who would not dare to look you in the face were you a man. It may even be your lot to be confined in some narrow vessel with only stagnant water to quench the maddening thirst that warns of ebbing life.

Flowers, if you were in the land of the Mikado, you might some time meet a dread personage armed with scissors and a tiny saw. He would call himself a Master of Flowers. He would claim the rights of a doctor and you would instinctively hate him, for you know a doctor always seeks to prolong the troubles of his victims. He would cut, bend, and twist you into those impossible positions which he thinks it proper that you should assume. He would contort your muscles and dislocate your bones like any osteopath. He would burn you with red-hot coals to stop your bleeding, and thrust wires into you to assist you circulation. He would diet you with salt, vinegar, alum, and sometimes, vitriol. Boiling water would be poured on your feet when you seemed ready to faint. It would be his boast that he could keep life within you for two or more weeks longer than would have been possible without his treatment. Would you not have preferred to have been killed at once when you were first captured? What were the crimes you must have committed during your past incarnation to warrant such punishment in this?

The wanton waste of flowers among Western communities is even more appalling than the way they are treated by Eastern Flower Masters. The number of flowers cut daily to adorn the ballrooms and banquet-tables of Europe and America, to be thrown away on the morrow, must be something enormous; if strung together they might garland a continent. Beside this utter carelessness of life, the guilt of the Flower Master becomes insignificant. He, at least, respects the economy of nature, selects his victims with careful foresight, and after death does honour to their remains. In the West the display of flowers seems to be a part of the pageantry of wealth, — the fancy of a moment. Whither do they all go, these flowers, when the revelry is over? Nothing is more pitiful than to see a faded flower remorselessly flung upon a dung heap.

Why were the flowers born so beautiful and yet so hapless? Insects can sting, and even the meekest of beasts will fight when brought to bay. The birds whose plumage is sought to deck some bonnet can fly from its pursuer, the furred animal whose coat you covet for your own may hide at your approach. Alas! The only flower known to have wings is the butterfly; all others stand helpless before the destroyer. If they shriek in their death agony their cry never reaches our hardened ears. We are ever brutal to those who love and serve us in silence, but the time may come when, for our cruelty, we shall be deserted by these best friends of ours. Have you not noticed that the wild flowers are becoming scarcer every year? It may be that their wise men have told them to depart till man becomes more human. Perhaps they have migrated to heaven.

Much may be said in favour of him who cultivates plants. The man of the pot is far more humane than he of the scissors. We watch with delight his concern about water and sunshine, his feuds with parasites, his horror of frosts, his anxiety when the buds come slowly, his rapture when the leaves attain their lustre. In the East the art of floriculture is a very ancient one, and the loves of a poet and his favourite plant have often been recorded in story and song. With the development of ceramics during the Tang and Sung dynasties we hear of wonderful receptacles made to hold plants, not pots, but jewelled palaces. A special attendant was detailed to wait upon each flower and to wash its leaves with soft brushes made of rabbit hair. It has been written[8] that the peony should be bathed by a handsome maiden in full costume, that a winter plum should be watered by a pale,

8 "Pingtse," by Yuenchunlang.

slender monk. In Japan, one of the most popular of the No dances, the Hachinoki, composed during the Ashikaga period, is based upon the story of an impoverished knight, who, on a freezing night, in lack of fuel for a fire, cuts his cherished plants in order to entertain a wandering friar. The friar is in reality no other than Hojo-Tokiyori, the Haroun-Al-Raschid of our tales, and the sacrifice is not without its reward. This opera never fails to draw tears from a Tokio audience even today.

Great precautions were taken for the preservation of delicate blossoms. Emperor Huensung, of the Tang dynasty, hung tiny golden bells on the branches in his garden to keep off the birds. He it was who went off in the springtime with his court musicians to gladden the flowers with soft music. A quaint tablet, which tradition ascribes to Yoshitsune, the hero of our Arthurian legends, is still extant in one of the Japanese monasteries.[9] It is a notice put up for the protection of a certain wonderful plum tree, and appeals to us with the grim humour of a warlike age. After referring to the beauty of the blossoms, the inscription says: "Whoever cuts a single branch of this tree shall forfeit a finger therefor." Would that such laws could be enforced nowadays against those who wantonly destroy flowers and mutilate objects of art!

---

9 Sumadera, near Kobe.

Yet even in the case of pot flowers we are inclined to suspect the selfishness of man. Why take the plants from their homes and ask them to bloom mid strange surroundings? Is it not like asking the birds to sing and mate cooped up in cages? Who knows but that the orchids feel stifled by the artificial heat in your conservatories and hopelessly long for a glimpse of their own Southern skies?

The ideal lover of flowers is he who visits them in their native haunts, like Taoyuenming,[10] who sat before a broken bamboo fence in converse with the wild chrysanthemum, or Linwosing, losing himself amid mysterious fragrance as he wandered in the twilight among the plum blossoms of the Western lake. 'Tis said that Chowmushiu slept in a boat so that his dreams might mingle with those of the lotus. It was this same spirit which moved the Empress Komio, one of our most renowned Nara sovereigns, as she sang: "If I pluck thee, my hand will defile thee. O Flower! Standing in the meadows as thou art, I offer thee to the Buddhas of the past, of the present, of the future."

However, let us not be too sentimental. Let us be less luxurious but more magnificent. Said Laotse: "Heaven and earth are pitiless." Said Kobodaishi: "Flow, flow, flow, flow, the current of life is ever onward. Die, die, die, die, death comes to

---

10 All celebrated Chinese poets and philosophers.

all." Destruction faces us wherever we turn. Destruction below and above, destruction behind and before. Change is the only Eternal, — why not as welcome death as life? They are but counterpart one of the other, — the night and day of Brahma. Through the disintegration of the old, re-creation becomes possible. We have worshipped death, the relentless goddess of mercy, under many different names. It was the shadow of the All-devouring that the Gheburs greeted in the fire. It is the icy purism of the sword-soul before which Shinto-Japan prostrates herself even today. The mystic fire consume our weakness, the sacred sword cleaves the bondage of desire. From our ashes springs the phoenix of celestial hope, out of the freedom comes a higher realisation of manhood.

Why not destroy flowers if thereby we can evolve new forms ennobling the world idea? We only ask them to join in our sacrifice to the beautiful. We shall atone for the deed by consecrating ourselves to purity and simplicity. Thus reasoned the tea-masters when they established the Cult of Flowers.

Anyone acquainted with the ways of our tea and flower masters must have noticed the religious veneration with which they regard flowers. They do not cull at random, but carefully select each branch or spray with an eye to the artistic composition they have in mind. They would be ashamed should they chance to cut more than were absolutely necessary. It may be remarked in this connection that they always associate the leaves, if there be any, with the flower, for their object is to present the whole beauty of plant life. In this respect, as in many others, their method differs from that pursued in Western countries. Here we are apt to see only the flower stems, heads, as it were, without body, stuck promiscuously into a vase.

When a tea-master has arranged a flower to his satisfaction he will place it on the tokonoma, the place of honour in a Japanese room. Nothing else will be placed near it which might interfere with its effect, not even a painting, unless there be some special aesthetic reason for the combination. It rests there like an enthroned prince, and the guests or disciples on entering the room will salute it with a profound bow before making their addresses to the host. Drawings from masterpieces are made and published for the edification of amateurs. The amount of literature on the subject is quite voluminous. When the flower fades, the master tenderly consigns it to the river or carefully buries it in the ground. Monuments even are sometimes erected to their memory.

The birth of the Art of Flower Arrangement seems to be simultaneous with that of Teaism in the fifteenth century. Our legends ascribe the first flower arrangement to those early Buddhist saints who gathered the flowers strewn by the storm and, in their infinite solicitude for all living things, placed them in vessels of water. It is said that Soami, the great painter and connoisseur of the court of Ashikaga Yoshimasa, was one of the earliest adepts at it. Juko, the tea-master, was one of his pupils, as was also Senno, the founder of the house of Ikenobo, a family as illustrious in the annals of flowers as was that of the Kanos in painting. With the perfecting of the tea-ritual under Rikiu, in the latter part of the sixteenth century, flower arrangement also attains its full growth. Rikiu and his successors, the celebrated Oda-wuraka, Furuta-Oribe, Koyetsu, Kobori-Enshiu, Katagiri-Sekishiu, vied with each other in forming new combinations. We must remember, however, that the flower worship of the tea-masters formed only a part of their aesthetic ritual, and was not a distinct religion by itself. A flower arrangement, like the other works of art in the tea-room, was subordinated to the total scheme of decoration. Thus Sekishiu ordained that white plum blossoms should not be made use of when snow lay in the garden. "Noisy" flowers were relentlessly banished from the tea-room. A flower arrangement by a tea-master loses its significance if removed from the place for which it was originally intended, for its lines and proportions have been specially worked out with a view to its surroundings.

The adoration of the flower for its own sake begins with the rise of "Flower-Masters," toward the middle of the seventeenth century. It now becomes independent of the tea-room and knows no law save that that the vase imposes on it. New conceptions and methods of execution now become possible, and many were the principles and schools resulting therefrom. A writer in the middle of the last century said he could count over one hundred different schools of flower arrangement. Broadly speaking, these divide themselves into two main branches, the Formalistic and the Naturalesque. The Formalistic schools, led by the Ikenobos, aimed at a classic idealism corresponding to that of the Kano-academicians. We possess records of arrangements by the early masters of this school which almost reproduce the flower paintings of Sansetsu and Tsunenobu. The Naturalesque school, on the other hand, as its name implies, accepted nature as its model, only imposing such modifications of form as conduced to the expression of artistic unity. Thus we recognise in its works the same impulses which formed the Ukiyoe and Shijo schools of painting.

It would be interesting, had we time, to enter more fully than is now possible into the laws of composition and detail formulated by the various flower-masters of this period, showing, as they would, the fundamental theories which governed Tokugawa decoration. We find them referring to the leading principle (heaven), the subordinate principle (earth), the reconciling principle (man), and any flower arrangement which did not embody these principles was considered barren and dead. They also dwelt much on the importance of treating a flower in its three different aspects, the Formal, the Semi-Formal, and the Informal. The first might be said to represent flowers in the stately costume of the ballroom, the second in the easy elegance of afternoon dress, the third in the charming deshabille of the boudoir.

Our personal sympathies are with the flower arrangements of the tea-master rather than with those of the flower-master. The former is art in its proper setting and appeals to us on account of its true intimacy with life. We should like to call this school the Natural in contradistinction to the Naturalesque and Formalistic schools. The tea-master deems his duty ended with the selection of the flowers, and leaves them to tell their own story. Entering a tea-room in late winter, you may see a slender spray of wild cherries in combination with a budding camellia; it is an echo of departing winter coupled with the prophecy of spring. Again, if you go into a noon-tea on some irritatingly hot summer day, you may discover in the darkened coolness of the tokonoma a single lily in a hanging vase; dripping with dew, it seems to smile at the foolishness of life.

A solo of flowers is interesting, but in a concerto with painting and sculpture the combination becomes entrancing. Sekishiu once placed some water-plants in a flat receptacle to suggest the vegetation of lakes and marshes, and on the wall above he hung a painting by Soami of wild ducks flying in the air. Shoha, another tea-master, combined a poem on the beauty of solitude by the sea with a bronze incense burner in the form of a fisherman's hut and some wild flowers of the beach. One of the guests has recorded that he felt in the whole composition the breath of waning autumn.

Flower stories are endless. We shall recount but one more. In the sixteenth century the morning-glory was as yet a rare plant with us. Rikiu had an entire garden planted with it, which he cultivated with assiduous care. The fame of his convolvuli reached the ear of the Taiko, and he expressed a desire to see them, in consequence of which Rikiu invited him to a morning tea at his house. On the appointed day Taiko walked through the garden, but nowhere could he see any vestige of the convolvulus. The ground had been leveled and strewn with fine pebbles and sand. With sullen anger the despot entered the tea-room, but a sight waited him there which completely restored his humor. On the tokonoma, in a rare bronze of Sung workmanship, lay a single morning-glory — the queen of the whole garden!

In such instances we see the full significance of the Flower Sacrifice. Perhaps the flower appreciate the full significance of it. They are not cowards like men. Some flowers glory in death — certainly the Japanese cherry blossoms do, as they freely surrender themselves to the winds. Anyone who has stood before the fragrant avalanche at Yoshino or Arashiyama must have realised this. For a moment they hover like bejewelled clouds and dance above the crystal streams; then, as they sail away on the laughing waters, they seem to say: "Farewell, O Spring! We are on to Eternity."

VII

TEA MASTERS

In religion the Future is behind us. In art the Present is the eternal. The tea-masters held that real appreciation of art is only possible to those who make of it a living influence. Thus they sought to regulate their daily life by the high standard of refinement which obtained in the tea-room. In all circumstances serenity of mind should be maintained, and conversation should be so conducted as never to mar the harmony of the surroundings. The cut and colour of the dress, the poise of the body, and the manner of walking could all be made expressions of artistic personality. These were matters not to be lightly ignored, for until one has made himself beautiful he has no right to approach beauty. Thus the tea-master strove to be something more than the artist — art itself. It was the Zen of aestheticism. Perfection is everywhere if we only choose to recognise it. Rikiu loved to quote an old poem which say: "To those who long only for flowers, fain would I show the full-blown spring which abides in the toiling buds of snow-covered hills."

Manifold indeed have been the contributions of the tea-masters to art. They completely revolutionised the classical architecture and interior decorations, and established the new style which we have described in the chapter of the tea-room, a style to whose influence even the palaces and monasteries built after the sixteenth century have all been subject. The many-sided Kobori-Enshiu has left notable examples of his genius in the Imperial villa of Katsura, the castles of Nagoya and Nijo, and the monastery of Kohoan. All the celebrated gardens of Japan were laid out by the tea-masters. Our pottery would probably never have attained its high quality of excellence if the tea-masters had not lent to it their inspiration, the manufacture of the utensils used in the tea-ceremony calling forth the utmost expenditure of ingenuity on the part of our ceramists. The Seven Kilns of Enshiu are well known to all students of Japanese pottery. Many of our textile fabrics bear the names of tea-masters who conceived their colour or design. It is impossible, indeed, to find any department of art in which the tea-masters have not left marks of their genius. In painting and lacquer it seems almost superfluous to mention the immense service they have rendered. One of the greatest schools of painting owes its origin to the tea-master Honnami-Koyetsu, famed also as a lacquer artist and potter. Beside his works, the splendid creation of his grandson, Koho, and of his grand-nephews, Korin and Kenzan, almost fall into the shade. The whole Korin school, as it is generally designated, is an expression of Teaism. In the broad lines of this school we seem to find the vitality of nature herself.

Great as has been the influence of the tea-masters in the field of art, it is as nothing compared to that which they have exerted on the conduct of life. Not only in the usages of polite society, but also in the arrangement of all our domestic details, do we feel the presence of the tea-masters. Many of our delicate dishes, as well as our way of serving food, are their inventions. They have taught us to dress only in garments of sober colours. They have instructed us in the proper spirit in which to approach flowers. They have given emphasis to our natural love of simplicity, and shown us the beauty of humility. In fact, through their teachings tea has entered the life of the people.

Those of us who know not the secret of properly regulating our own existence on this tumultuous sea of foolish troubles which we call life are constantly in a state of misery while vainly trying to appear happy and contented. We stagger in the attempt to keep our moral equilibrium, and see forerunners of the tempest in every cloud that floats on the horizon. Yet there is joy and beauty in the roll of the billows as they sweep outward toward eternity. Why not enter into their spirit, or, like Liehtse, ride upon the hurricane itself?

He only who has lived with the beautiful can die beautifully. The last moments of the great tea-masters were as full of exquisite refinement as had been their lives. Seeking always to be in harmony with the great rhythm of the universe, they were ever prepared to enter the unknown. The "Last Tea of Rikiu" will stand forth forever as the acme of tragic grandeur.

Long had been the friendship between Rikiu and the Taiko-Hideyoshi, and high the estimation in which the great warrior held the tea-master. But the friendship of a despot is ever a dangerous honour. It was an age rife with treachery, and men trusted not even their nearest kin. Rikiu was no servile courtier, and had often dared to differ in argument with his fierce patron. Taking advantage of the coldness which had for some time existed between the Taiko and Rikiu, the enemies of the latter accused him of being implicated in a conspiracy to poison the despot. It was whispered to Hideyoshi that the fatal potion was to be administered to him with a cup of the green beverage prepared by the tea-master. With Hideyoshi suspicion was sufficient ground for instant execution, and there was no appeal from the will of the angry ruler. One privilege alone was granted to the condemned — the honour of dying by his own hand.

On the day destined for his self-immolation, Rikiu invited his chief disciples to a last tea-ceremony. Mournfully at the appointed time the guests met at the portico. As they look into the garden path the trees seem to shudder, and in the rustling of their leaves are heard the whispers of homeless ghosts. Like solemn sentinels before the gates of Hades stand the grey stone lanterns. A wave of rare incense is wafted from the tea-room; it is the summons which bids the guests to enter. One by one they advance and take their places. In the tokonoma hangs a kakemono, a wonderful writing by an ancient monk dealing with the evanescence of all earthly things. The singing kettle, as it boils over the brazier, sounds like some cicada pouring forth his woes to departing summer. Soon the host enters the room. Each in turn is served with tea, and each in turn silently drains his cup, the host last of all. According to established etiquette, the chief guest now asks permission to examine the tea-equipage. Rikiu places the various articles before them, with the kakemono. After all have expressed admiration of their beauty, Rikiu presents one of them to each of the assembled company as a souvenir. The bowl alone he keeps. "Never again shall this cup, polluted by the lips of misfortune, be used by man." He speaks, and breaks the vessel into fragments.

The ceremony is over; the guests with difficulty restraining their tears, take their last farewell and leave the room. One only, the nearest and dearest, is requested to remain and witness the end. Rikiu then removes his tea-gown and carefully folds it upon the mat, thereby disclosing the immaculate white death robe which it had hitherto concealed. Tenderly he gazes on the shining blade of the fatal dagger, and in exquisite verse thus addresses it:

Welcome to thee,
O sword of eternity!
Through Buddha
And through Dharuma alike
Thou hast cleft thy way.

With a smile upon his face Rikiu passed forth into the unknown.

차의 책 The Book of Tea

1판 1쇄 발행 2009년 6월 8일
2판 1쇄 발행 2016년 10월 20일
2판 3쇄 발행 2020년 12월 28일

지은이 오카쿠라 텐신
옮긴이 정천구
펴낸이 강수걸
편집장 권경옥
편집 박정은 윤은미 강나래 최예빈
디자인 권문경 조은비
펴낸곳 산지니
등록 2005년 2월 7일 제333-3370000251002005000001호
주소 부산시 해운대구 수영강변대로 140 BCC 613호
전화 051-504-7070 | 팩스 051-507-7543
홈페이지 www.sanzinibook.com
전자우편 sanzini@sanzinibook.com
블로그 http://sanzinibook.tistory.com

ISBN 978-89-6545-379-6 03830